「成功幫助人的快樂感滿足感，希望各位同學能一直記住，以後不管你們想做什麼事，希望你們都能想起曾經是怎樣為了通過考試而努力拼命。」

—畢業魔法 · 校長

# 畢業魔法

滾雪球

STARK

# 人物介紹
Characters

**蓮娜**
女，13歲

★軍人家庭出身，家族其他的女孩子大都被培養成聯姻的工具，她的媽媽想證明女孩子也能上戰場，所以把她送來學校學習迷惑敵人的魔法。

個子高挑，綁著帥氣的馬尾，看起來很能幹，會令人不自覺就想依賴她。

**阿爾**
男，12歲

★出身的家庭貧困，買不起燈油，總是太陽一下山就上床睡覺，所以對光明魔法非常渴望。靠親戚幫助才能進入魔法學校唸書。

個性認真，情緒波動不明顯，身形略顯結實。

# 人物介紹
Characters

**藍**

男，10歲

★本屆最優秀的學生，家裡世代都是魔法師，進學校前基礎就比別人強，直接從中等部開始唸起，因而年紀比同學們小，學姊學妹都很照顧他。

外表看起來是個乖巧懂事的可愛小男孩。

**安妮**

女，12歲

★個性溫柔，因為爸爸是醫生，所以原本小時候的志願是要當護士，但是父母認為既然鎮上有魔法學校，乾脆就近送她來學治療魔法。

短髮，性格溫順，外表給人文靜的感覺。

# 人物介紹
## Characters

**雷莎**

女，12歲

★個性開朗樂觀，媽媽也是魔法學校畢業的，從小受到影響，非常喜歡開發各種新型魔法工具，但是大部分都被認為用不到。

頭髮及肩，個子嬌小，性格活潑。

**史恩**

男，13歲

因為崇拜操控時間的魔法師而學習時間魔法，可是難學就算了，連使用機會也很少，所以另外又學了改變天氣的魔法。★

不高不瘦，體型普通，目標高遠，但是通常到最後才會努力。

**伍迪**

男，14歲

★覺得每種魔法都很有興趣，每種都學了一點，但是沒有一種學到精通，已經留級一年了，這次更沒有人覺得他能畢業。

個性隨和，身材細瘦，經常一副無所謂的表情。

# 畢業魔法

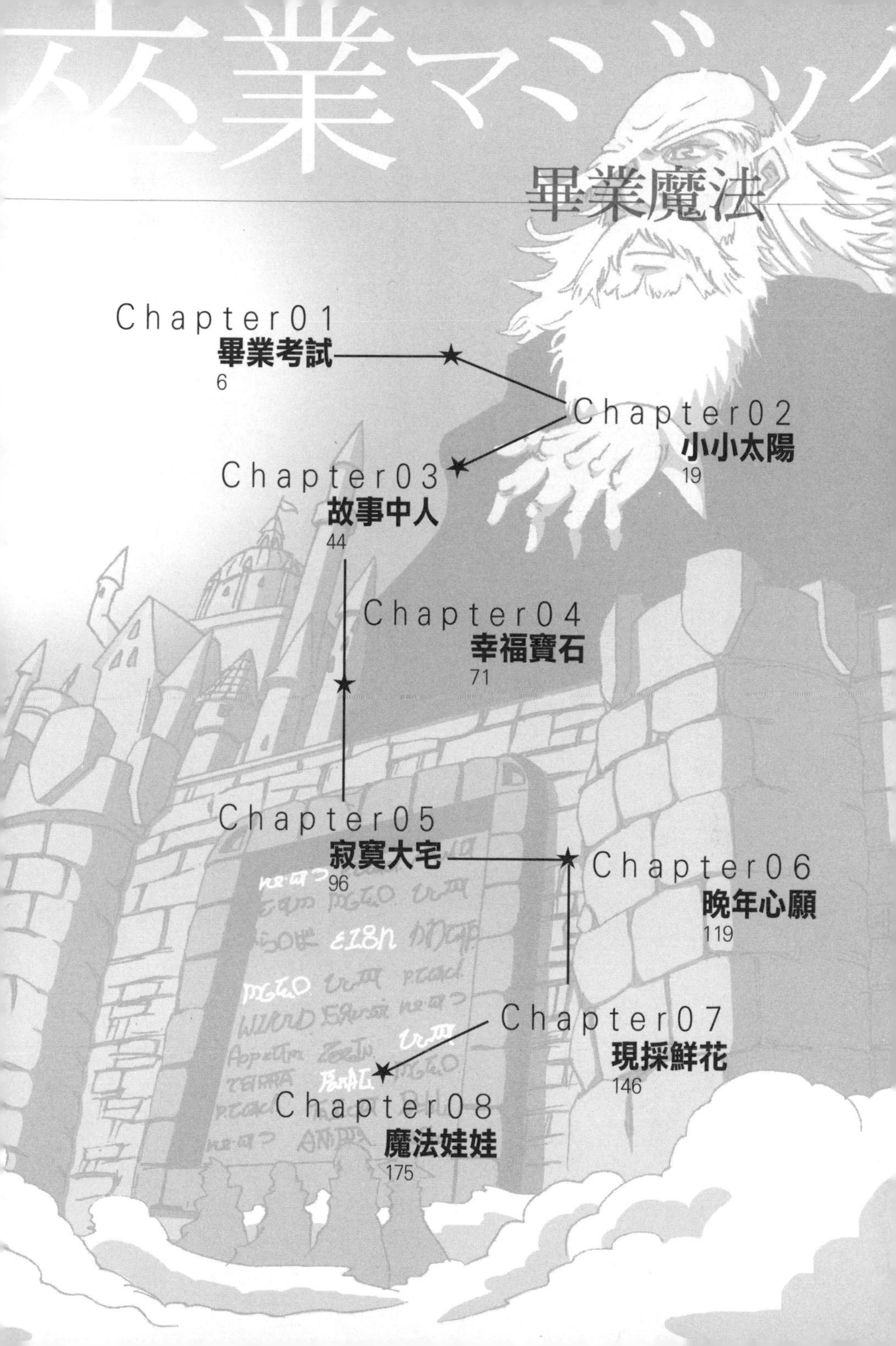

# Chapter 01

# 畢業考試

從來沒有一次開學像這次這樣，走遍校園各個角落，每間教室裡裡外外，只要聽到講話聲，幾乎都在聊同一件事。

高等部一年級的學生說：「幸好我早讀一年，不然這次中等部畢業考改成這樣，連我這種優等生可能都考不過。」

初等部三年級的學生說：「本來想說進中等部以後要學閃電魔法的，可是要是以後一直用這種考試方法，應該會很難畢業吧，怎麼辦呢？」

至於被談論的中等部畢業班，那就更是熱鬧了。

「這太不公平了！我寒假的時候每天那麼拼命地練習魔法，本來以爲畢業考一定輕鬆過的！」

「就是！到底是哪個老師提出的！放寒假前還跟我們說畢業考最重要的是魔法能力，要我們寒假也要努力練習，結果突然就改成這樣。」

「安妮同學，妳一定很高興吧，考試內容改成這樣，剛好最適合你們學治療魔法的。」

突然被叫到名字的安妮，是個短頭髮，看起來文文靜靜的女生，她正想從門口偷溜出去，今天從踏出家門到學校的路上，進入校門，來到教室，一直有人向她搭話，有人說很羨慕她，有人向她抱怨，也有人氣呼呼地說她運氣好。

這都是因爲寒假快結束的時候，她所就讀的這所學校，「滿月魔法學園」，突然公告說今年中等部的畢業考要廢除過去只考魔法威力的方式，改用全新制度：「以魔法協助鎮上需要幫助的人」。

「這個，其實幫助人是很好的事。」安妮眼看溜不掉了，只好轉回頭回應同學。

「那也要看是不是能幫到，像我學火焰的，難道會有人找我去放火嗎？那不算做好事吧！」

「呃，說不定會有人想省柴火請你幫忙點火。」

「咦？」本來忿忿不平的同學愣了下，忽然手一拍，「對喔，我怎麼沒想到，太好了，可以放心了。」

「人家安妮本來就是好學生，就算考試沒改，憑她的實力也一樣會過。」

這個有氣無力的聲音是從靠窗邊的位置傳來的，一個綁著馬尾的女生，趴在桌上望向這邊，看起來沒什麼精神。

「班長，妳怎麼了？身體不舒服嗎？」

「沒有，我只是想不出來，學火焰的可以幫忙燒柴火，學閃電的可以幫忙打獵，我學幻術的到底能幫忙什麼。」

旁邊學閃電正在苦惱的學生聽到這句話，眼睛一亮，暗自高興，安慰地說：「班長平常就最熱心助人，一定能過關的。」

「可是都不必用到魔法啊。」

「班長是不是如果考試沒過，就要回家等嫁人了啊？」有個女生插話進來。

旁邊幾個人忽然緊張起來，人家已經心情夠不好了，怎麼還提這件事呢。

「是啊，以後就回家學當新娘等人來娶了。」班長蓮娜轉過頭看向窗外，看來是不想繼續說了。

氣氛一時尷尬，幾個本來覺得自己不會過的，聽了剛才的話，則趕緊去想可能的方法了。

上課鐘響超過五分鐘了，同學們你看我，我看你，他們班的導師溫蒂一直都是那種上課鐘還沒響完就已經踏進教室的人。

「老師忘記今天開學嗎？」有人小小聲地說。

「搞不好是不敢來了。」

「我去辦公室找。」班長蓮娜站起來大聲說。

大家頓時安靜下來，但蓮娜才剛踏出一步，教室的門就打開了，一個二十幾歲，全校公認的美女老師之一溫蒂走了進來，蓮娜也就回去座位，喊著「起立、敬禮」。

敬禮過後，溫蒂老師環視全班同學，所有人都看著她，等著她說話，好像以前上課從來也沒有全班都這麼認真過。

「各位同學都看過公告了嗎?還不知道的請舉手。」

沒有人舉手，溫蒂老師想，才開學就貼出的公告，這麼快就全班都知道了，這也是從來沒有過的事吧。

「那各位同學，老師現在詳細說明，有不懂的可以發問。」

「爲什麼？」

「爲什麼？」

「爲什麼？」

立刻，整個班問爲什麼的聲音此起彼落。

溫蒂老師在心裡嘆氣，她今天拖拖拉拉的，就是知道學生會有這種反應，所以她一點也不想面對。

「各位同學，請先安靜。蓮娜，妳寒假期間回家住，知道今年王都發生了重大魔法犯罪案件嗎？」

蓮娜站起來回答，「是的，聽爸爸說有一名刺客使用魔法從皇宮外遠距離施展雷箭穿透城牆企圖射殺王子殿下。」

「不錯，各位同學，那個刺客是我們學校的畢業生，也就是你們的學長。」

大家又開始鬧哄哄起來，溫蒂老師忙又要大家安靜。

「請大家放心，王子殿下雖然受傷不輕，但是沒有生命危險，刺客也已經抓到了。只是，國王相當生氣，怪罪我們學校，而且除了這件事以外，近來我們學校的畢業生犯罪率的確是有點愈來愈高，所以國王下令要求學校限期改善，加強品德教育，否則不但以後會刪減對學校的補助，還可能會……廢校。」

眼看又有人要說話了，溫蒂老師連忙比手勢要大家先別開口，「各位同學請先聽老師說完，學校方面也是不得已的，請大家不要怪學校。」

說完環視全班，大家左右看看，雖然不甘心，但是國王的命令抗議也沒用。

「那爲什麼只有中等部？」安靜一會後，有人問。

溫蒂老師點點頭：「這個問題是這樣的，初等部大家都知道的，他們還只學到理論階段和一些基本魔法，犯不下什麼大罪。而高等部的學長姊，從一年級就開始要出去外面實習幫助人了，所以他們不必特別考這方面的試。」

看大家似乎都懂了的樣子，溫蒂老師很慶幸沒有人問「可是那個刺客學長以前也有實習過吧，最後還不是犯罪了。」未來會怎樣誰知道呢？現在先應付國王才是最重要的。

「要是大家都懂了的話，那老師現在開始詳細說明考試方法。前幾天貼出公告後，學校也已經到鎮上向居民說明我們這次考試的事，他們可以自由地免費報名請求魔法協助，等到下個星期一，各位同學就可以……」溫蒂老師猶豫了下，決定下面肯定會引起大亂的話，還是放到最後再說，「嗯，知道考試方法。」

看大家沒有對這種說法提出疑問，溫蒂老師繼續說：「到時候各位同學不用太擔心，這次考試大家可以互相幫忙。」

同學們一下子全安了心，氣氛輕鬆起來。

「不過當然是有些限制的。」溫蒂老師停了會，「同學們互相幫忙不能使用魔法，比如說，學療傷的同學，如果要用到火焰魔法的話，可以請學火焰的同學教，但是不能請同學直接施展火焰魔法通過考試，一起施展也不行。」

「老師，爲什麼會有這種狀況呢？只要挑適合自己的不就好了嗎？」

「嗯，這是因爲……」

「不會剛好有那麼多人受傷吧。」有同學這麼推想，溫蒂老師很感謝他。

「那老師，到時候我們要怎麼挑？要是依照座號順序的話，我就只能挑別人撿剩的了。」

全班同學的目光忽然一下子又集中起來，剛還高興可以幫忙燒火打獵，萬一輪到自己時已經沒人需要怎麼辦。

「當天早上八點，畢業班三個班的同學一起到教務處前面去排隊，先排先贏。同學來學校就可以直接去排隊，不用進教室。」

教室裡鼓譟起來，爲了搶到好題目，看來得提早到校了。

「同學不要以爲拿到簡單的題目就可以輕鬆過關，雖然說這次考試不直接考實力了，但是如果拿到的考試內容和同學本身能力相比太過簡單的話，學校會要求考第二次試，如果第二次也太簡單，就還要第三次、第四次……」

「老師，那可以一次挑好幾個題目嗎？」

「不行，要是前面的人一次拿了好幾張，那後面的人不就沒了嗎？必須先完成第一次的，才能進行第二次。」

「那老師，我們挑題目的時候老師會在旁邊幫忙看難度嗎？」

「那樣排隊要排超久耶。」另一個同學發聲。

「所以要早點來排隊啊。」

溫蒂老師沉默不說話，班上也漸漸安靜下來，大家開始疑惑了，老師不說話，是不會幫忙嗎？

「同學，考試題目拿了如果想換的話，規定必須等三天。」

「哇，那挑的時候就要更仔細了。」

「不是的，同學，考試題目打開以後，如果當場放棄，必須等三天才能再拿新的，如果事後放棄，則要等七天。」

打開……有幾個同學注意到這個說法。

「老師，聽起來怎麼好像抽籤？」

溫蒂老師看著發問的同學，終於點了頭，「沒有錯，就是抽籤。」

「老師妳的意思是說，像我學療傷的，可能會抽到要放火的嗎？我不能自己挑？」

溫蒂老師想逃出教室，「……是的。」

「怎麼這樣！這樣沒人能考過吧！」

「對啊，除非運氣好。」

「那考試題目呢？隨便人家開嗎？不會有人說要摘月亮吧！」

「啊，該不會還有那種想要返老還童的？」

「這樣考試根本只是賭運氣而已，乾脆直接在籤上寫『考過』、『沒考過』比較快。」

「對啊，對啊，抗議啦，抗議！」

就是因為知道會這樣，溫蒂老師才拖著不敢說是抽籤，她自己也跟校長抱怨了好幾天了，她知道學生需要發洩，並不再要求大家安靜。隔壁班喧鬧的聲音也大到傳過來了，看來差不多也都講到這裡了。

講桌前面坐著的是個小個子學生，藍，今年才剛滿十歲，是這一屆年紀最小，卻最資優的學生。溫蒂老師對他特別關愛，他從開始到現在都只是安靜地聽她說話，沒有開過口，多麼乖巧的學生，他才是最有資格抱怨的啊，最資優的學生如果抽到壞籤不能畢業，不用等廢校，這間學校就先沒人要來唸了。她跟校長這樣抱怨過，但是校長說現在國王在意的是品德問題，那個刺客當年也是資優生。

所以她只能嘆氣。

＊　＊　＊

一個星期後，星期一早上七點五十分，教務處前面擠了很多人，但是大家像是圍在一起看熱鬧，反而還要仔細找才能看出隊伍在哪。

「果然一班排隊的人最多。」旁觀的某個學生說出他數完的結果，「有天才在的班級就是不一樣。」

「可是排最前面的是三班的阿爾。」

「他是出了名的從不浪費時間的。」

「但是我覺得提早來排隊更浪費時間啊，反正是抽籤的，又不會早抽就比較好。」

「你沒看人家在排隊的時候也在看書，一點也沒浪費。」

「在旁邊等也可以看書啊。」

「可是我們在旁邊是要看先排的人抽到什麼的，哪有心看書。」

「哈，也是。」

八點整，教務處的門準時打開，一位短髮略瘦的女老師抱著籤箱走到隊伍前頭的桌子前坐下，她是今天負責管理抽籤的凱莉老師，平常是管理教具室的。

「各位同學，現在要開始抽籤了，我再重複一次抽籤規則，每個人抽一張籤，可以棄籤，今天當場棄籤的，三天後才能再抽，之後才說要棄籤的，則是七天後才能再抽。並且，棄籤重抽的人必須等所有人都抽過才能再抽，同學一定要慎重考慮。」

大部分的人都沒什麼表示，只有少數幾個人看看左右，聽起來怪怪的，今天大家就會都抽籤了，不管是三天還是七天後，當然所有人都抽過了，幹嘛還要特地說這一條，是有人沒來嗎？

「我希望各位同學不要輕易棄籤，如果有困難的話，除了你們自己的老師，全校所有老師也都隨時歡迎各位提問。教具室這邊，同學需要什麼魔法材料，也都可以來申請，學校會盡快幫同學準備。」

看大家沒什麼表示，旁觀的也還是沒人要加入排隊，凱莉老師示意排最前面的阿爾同學可以抽了。

阿爾伸手進去，大家全注視著他，當他手伸出來的時候，本來安靜的現場忽然響起整齊劃一的聲音，「唸出來，唸出來！」

阿爾打開籤紙，上面寫著人名、地址，還有委託內容，他唸出聲：「治療腿骨折。」

大部分人都安靜下來，阿爾是學光魔法的。

「沒寫嚴重程度嗎？」

「沒寫。」

「就算再怎麼輕的骨折，從現在開始學治療魔法，畢業前也不可能學到能醫好的。」

「阿爾同學你放回去，讓給我們學治療的吧。」

阿爾搖頭，「不好意思，我不打算再等三天，我會努力的，到時候有需要再請各位同學幫忙了。」

阿爾退到旁邊，有幾個旁觀的同學加入排隊，這個籤的內容看起來算正常，他們可以放心排隊了。

第二個籤：「摘月亮……」

「騙人，你一定亂唸！」

「老師有說程度會適合我們，摘月亮這種做不到的會過濾掉！」

「我沒有亂唸啦，上面真的這樣寫，你們自己看！」

好幾個同學湊上去看，隊伍頓時亂成一團。

「是真的耶。」

「怎麼這樣！」
「老師，我們要解釋！」
凱莉老師尷尬地笑著，她登記報名內容時本來也要把這退掉的，但是，「同學，這裡所有的籤全部都是校長看過確定你們可以的，所以，請這位同學自己努力想辦法喔。」
「哪有可能！從來沒聽過有人摘到月亮過！」
抽到籤的同學邊說邊把籤重新折好，拿著籤的手往籤箱伸過去，馬上有人慌了，「不行！不能放回去！不要害我們！」
但是，那張籤還是落回去籤箱裡了，「老師，我棄籤。」
「沒良心！」
抽到籤的同學雙手一攤，退出隊伍，同時也有幾個排隊的人退出隊伍，還是先等別人把這張籤抽走再來排吧。
「下一個。」
一班的資優生，年僅十歲的藍唸出他的籤：「做魔法人偶。」
「不行放回去！」又有一群人高喊，「那是大魔導師才會做的吧，這種籤到底哪裡適合我們！」
可是藍拿著籤就退出隊伍了。
凱莉老師微笑：「這個籤剛好適合藍同學呢，請大家放心，這是這次的籤裡面最難的了，後面的各位同學只要肯做一定都能做到的。」

「對喔，藍會做啊，幸好被他抽了。」

「騙人！剛才那個摘月亮更難，它還在籤裡！」

後續一直這樣吵吵鬧鬧，第二個抽到摘月亮的在大家強勢壓力下，哭喪著臉，認命地把籤收下了。

然後，「老師……這個委託內容沒寫字耶。」

「喔，那個啊，那家人說暫時沒什麼事，只是想說難得學校辦這個活動，就來湊湊熱鬧。沒關係，你就先過去，他們有需要的時候會跟你說的。」

「那如果一直沒有呢？」

「如果到畢業前都沒事的話，那就等同沒有通過考試了。如果你想棄籤的話，因為這張籤比較特別，校長有交代，可以當場重抽。」

「不行！不可以放回去！」鬧哄哄的同學們可不想抽到這張籤。

「反正你本來就畢不了業！」

「你都已經留級一年了，再留一年沒關係！」

「你們怎麼這樣講話！」一班的班長蓮娜對著說出這些話的人大喊。

抽到籤的同學朝她勉強笑了笑，收起籤，「謝謝老師，我會去努力的。」

凱莉老師笑著點頭，她很早就對這個已經多唸一年的學生有好感。

＊　＊　＊

抽籤就在這樣熱鬧的情況下一直持續到中午……

「好了，各位同學，今天的籤就抽到這裡爲止，剛好是吃飯時間了。」

「不要啦，老師，我們可以邊吃飯邊排隊，先抽完啦。」同學以爲老師是要大家先去吃完飯再回來重排。

「老師知道你們急著抽籤，不過籤已經沒有了。」凱莉老師把籤箱倒過來搖了搖，證明裡面已經沒有東西了。

「咦！」還沒抽籤的，不管有沒有排隊的，全部一起大叫。

「我們鎮上的居民，跟大家一樣，想先看別人報名的情況呢，加上還有些過濾掉的，所以，沒籤了。大家，明天請早，不過，明天也不一定有喔。」凱莉老師打趣地說。

「那如果一直不夠呢？」

「當然，沒抽到就是沒通過考試，不能畢業囉。」凱莉老師轉看向剛才棄籤的同學，指著還沒抽籤的同學說：「除了等三天以外，還要等他們先全部抽過喔。」

「咦！」棄籤的只有幾個人，但這一聲比剛才幾十個人一起叫還大聲。

畢業班三班總共一百多人，今天抽到籤的只有三十幾個，這樣別說等三天，就算是七天、十天、半個月，這些人也還沒抽完，早知道就不棄籤了，這下完了……

# Chapter 02

## 小小太陽

阿爾照著籤上的地址來到他畢業考要幫助的家，從房子外觀看起來，家境應該還算不錯，不是付不起醫藥費的家庭，所以他想，這骨折應該非常嚴重，醫生醫不好，才會向魔法學校求助。

觀察完外圍，阿爾敲了門，開門的是個中年婦女，「有什麼事嗎？」

阿爾有點意外，他以為這個家既然報了名，今天是抽籤日，來了個學生，應該會猜到他為什麼來的，「您好，我是滿月魔法學園中等部三年級的學生，今天抽到畢業考的籤，是您家的。」

「啊？」婦女一臉疑惑，「我們家沒報名啊。」

阿爾一驚，把籤遞給婦女看，「這上面的地址不是這裡嗎？我走錯了嗎？」

婦女拿過籤看了一會，臉色忽然變了，「等等。」她回頭往裡面大喊，「格雷！」

一個六、七歲的男孩跑出來，本來還不知道什麼事，看到阿爾的時候，馬上一臉開心地更快跑了過來，「你是要來醫我爸爸腳的魔法師嗎？」

「醫你個頭！」婦女往男孩頭上用力一拍，「我不是說過，我們家不用報名嗎！」

男孩格雷抱著頭往屋裡跑，「爸爸，爸爸，有魔法師要來醫你的腳了。」

婦女辛亞嘆氣，勉強擠出笑容對阿爾說：「你先進來坐。」

阿爾進到屋子裡，看到一個男人正端茶走過來，他走路一跛一跛的，應該就是腿骨折的人了，可是，這一點也不像是嚴重到醫不好。

辛亞快步走過去接過茶，「我來就好了，你的腳還要多休息，不要老愛做些有的沒的。」

男人海曼聳肩，請阿爾坐下，等辛亞倒好了茶才說：「真是不好意思，還麻煩你特地走這一趟，不過你也看到了，我的腳已經快好了，都是小孩子胡鬧，其實我們家不需要請魔法師。」

「爸爸！」格雷抗議，「人家都已經來了，你讓他看看你的腳嘛，這樣我們就不用再找人借錢了！」

「不要胡說了，爸爸再過不久就可以回去工作，借的錢很快就會還人了，不要這樣麻煩人家。」

所以，阿爾想，如果他從現在開始學治傷的魔法，不管畢業前能學到什麼程度，到時候這家主人的傷都已經好了，不需要他。

「老公，先不要管格雷，我們先問問這位同學是學什麼的吧。」辛亞看父子倆可能會吵很久，怕冷落客人，連忙插話。

「不就是學治傷的嗎？」海曼先前因爲腳傷休息，對外面的事不是很了解，只是聽老婆說過而已。

「不是，我不是有說過嗎？他們是用抽籤的，所以我才說反正也快好了，不用報名。」

「啊，對。」海曼想起有這回事，轉問阿爾，「同學，你應該不會剛好是學治傷的吧？」

「不是的，我是學光魔法的，雖然沒有辦法幫您治傷，不過傷患對光照也很要求，如果您需要的話，我可以幫忙。」

「什麼？你不會治傷，那你來幹嘛！」格雷氣得跳起來指著阿爾大叫！

辛亞急忙制止：「所以我就說了不用報名，之前都跟你說好幾次了，你還跑去報名，還對人家這麼兇，沒禮貌，快點道歉！」

「不要！你不會醫就放棄啊，換給別人會的！」

「格雷你閉嘴！人家的規定就是這樣，是你自己不聽的，怎麼可以怪人家，快點道歉！」

「不要，你不會就出去啦，不用你了！」

「格雷！你給我過來！」辛亞氣壞了，強拉著格雷離開。

看著兩人出去，吵鬧聲遠了，海曼才對阿爾說：「真是抱歉，讓你看笑話了，我看這樣好了，今天你就留下來讓我們招待，算作我們的道歉可以嗎？」

「不用這麼麻煩，我不介意的。請問您家裡的房間有沒有光照不足的？」

「那個報名你就不用管了啦，我們家沒有什麼特別需要的，害你白跑一趟真的是很不好意思，你就留下來讓我們請吧。」

阿爾有點窘迫，根據規定，他一定得幫忙才行，可他覺得說出來會反過來像是他給他們找麻煩。

「老公……」辛亞把格雷關在房間裡，出來聽到這些話，很是無奈，「不能不管啊，那個規定有說我們如果把他退回去，他的考試會扣分的，格雷已經給人家添麻煩了，我們不能再害他了。」

海曼一驚，看向阿爾，「有這樣規定？」

阿爾點頭，「是的，不好意思。」

「你不要說不好意思，都是我們家的小鬼亂報名，才會害你抽到我們家，我們一定會負責的。對吧，老公？」

海曼有點困擾了，「可是我們家也沒什麼需要的。」

「沒有也要想啊。對了，同學，不好意思，還沒問你叫什麼名字。」、

「我叫阿爾。」

「阿爾同學，你剛才說是學光魔法的對嗎？」

「是的。」

「那你可以跟我們說說這種魔法都是用來做什麼的？」

「通常最常用的就是在黑暗中照明了，其他的平常不太用得到。」

「我們家也不缺燈油，其他能幹什麼你通通說來聽聽，我小孩惹的麻煩我們一定負責到底。」海曼決定等阿爾走後，一定要好好教訓小孩。

「嗯，還有像是，如果遇到壞人的話，可以發出強光照壞人的眼睛。」

「喔，這個好，可以趁機逃走。」海曼點點頭，覺得這真是好用。

「那也要剛好遇到壞人才有用，還有呢？」辛亞想快點問出會用到的。

「有些野獸或怪物會怕光。」

「那如果要去森林就用得到了。」海曼考慮著這個可能性，「剛好我摔斷腿前本來答應格雷要帶

他到林子裡採野菜，你就和我們一起去吧，不過我的腳現在還不方便走那麼遠，可能要再等一段時間，你們那個考試期限是到畢業前都可以嗎？」

「是的，謝謝您的幫忙。」

「那還有四個月，應該不會有問題的。」

「等等，還有別的嗎？再多說一些。」辛亞沒那麼放心，她擔心老公的腳不知道要多久才能去森林，要是拖太久會耽誤到人家畢業，而且也不是去森林就一定會遇到野獸。

還有的，阿爾覺得真的用不到，「如果有鬼的話，用光照可以趕走。」

海曼和辛亞互看一眼，懷疑自己是不是聽錯了，「鬼？你是說晚上才會出現的那個嗎？」

阿爾點頭，「嗯」。

「呃，好吧，那還有嗎？」

「剩下就是拿來玩了，我們一些同學有時候會用魔法玩遊戲。」

「那還真是用不到啊。」

＊　＊　＊

離開海曼先生家，阿爾準備去一趟學校，先前老師沒說委託人如果改了考試內容會怎麼樣。

往學校的路上，阿爾遠遠地看到兩個熟悉的身影在街上一個個家敲門不知道講些什麼，走近一看，原來是自己班和隔壁班的女同學，他上前去打招呼。

「嗨，妳們在做什麼，好像很忙？」

「當然忙了，我們都沒抽到籤，老師居然沒先告訴我們籤不夠，太過分了。」

「我們沒抽到籤的分組挨家挨戶請大家幫忙去報名，阿爾同學你去過那個委託的家了嗎？需要我幫忙嗎？」說話的是一班學治療魔法的安妮。

「說到這，你如果棄籤就好了，安妮剛好是沒抽到籤的第一個人，要是你棄籤，說不定就被她抽到了。」旁邊的同學因爲沒抽到籤忍不住一直抱怨。

「妳不要這麼說啦，抽籤會抽到什麼是不一定的。阿爾同學，你那邊的狀況怎麼樣？」

阿爾搖頭，「他們家是小孩報名的，大人說其實不需要。」

「還有這樣的！那怎麼辦？你被他們退了嗎？退了要扣分的，扣太多就不能參加高等部入學考……

嗯，你有要上高等部嗎？」

「妳不要一下子問那麼多啦，我記得阿爾同學以前好像說過，因爲住在親戚家，所以一定要上高等部去實習賺錢。」

「嗯，對，我是姨丈出錢讓我來這裡唸書的，爸爸說沒上高等部就對不起姨丈，高等部又剛好有實習可以賺錢，正好可以還些錢。」阿爾回答完安妮，又轉向另一位同學，「沒有退，他們人很好，說會幫我想辦法，不過委託就會改了，我現在要去學校問老師改了會怎麼處理。」

「咦，我也要去！要是可以隨便改的話，萬一大家都說要摘月亮星星的，那怎麼得了！」

「不會大家都要那個的……」安妮總覺得和她分到同組的這位同學太會大驚小怪了。

「這一定要弄清楚的啊，走吧，我們一起去問！」

＊　＊　＊

「喔，換了沒有關係，不會扣分。」

凱莉老師回答了三人的問題，阿爾鬆了口氣，同行的同學則大力抗議，「但是老師，既然報名的時候都要校長通過，那要改也要校長通過吧？」

「這就看你們自己了，要是覺得做得到，就不用校長通過，要是覺得做不到的話再來問吧，不過可不是問了就可以不用做喔。」

「所以如果有人改成摘月亮，我一定要做嗎，不做就會扣分？」

「對，這條校長通過了。說到這，我這裡有新的籤，難得你們來了，特別開放讓你們先抽，要嗎？」

「可是這樣好嗎？不是說明天早上才能排隊再抽嗎？」安妮覺得這樣有點像作弊。

「喔，那是指新報名的籤，現在這張是剛剛才又被放棄的。」

三個人都很驚訝，這麼快就有人放棄了。

「事後放棄要等七天……」阿爾喃喃地說。

「反正籤不夠說不定半個月都還沒抽完，所以放棄沒差啦，你那個要是不行，乾脆也放棄吧。」

「不，我不會放棄的。」阿爾堅定地搖頭。

「老師，可以請問被放棄的籤是什麼內容嗎？」早上抽籤時，都有唸出內容，所以安妮覺得應該可以問。

「喔，就摘月亮。」

三個人一瞬間都擺出一樣的愣住表情，然後一起搖頭，「不用了。」

「安妮，我看我們明天先不要來抽籤好了，那個讓給別人。」

「好。」可是安妮想，明天那張籤可能又會被放棄，後天也是，大後天也是……

凱莉老師心裡嘆氣，真不知道校長怎麼想的，連老師眼中的好學生安妮都這麼直接擺明不想要這張籤，如果是那個最資優的藍抽到，不知道他會是什麼反應。

＊　＊　＊

開始畢業考以後，學生就不用再上課，所以到畢業之前，如果沒有必要就不用到學校了，但是阿爾還是每天到學校，主要是想聽其他抽到籤的同學都怎麼處理他們的委託，順便也聽後來抽籤的同學抽到什麼。

開始幾天沒什麼進展，抽到籤的大多是煩惱、訴苦，大家一起說出自己的狀況互相出意見。

新抽籤的那邊摘月亮果然每天都被棄籤，因爲習慣了，已經沒有人在喊叫不可以放回去，抽到籤的也都一看到月亮兩個字就直接丟回籤箱了。

然後有人做了統計……

「有人考完一次試了耶，是做魔法掃帚的，好羨慕喔。」

「沒什麼好羨慕的，我有算過，到現在所有的籤做魔法工具的最多，超過三分之一，我們三班合計學魔法工具的還不到五分之一，所以他們抽對籤的機率最高是正常的。可是啊，以魔法掃帚的程度算起來，做十支也不能通過畢業考吧，那是一年級的第一課，很多不是專學魔法工具的也都會做。」

「對喔，所以這樣他們也是要等大家都抽完才能抽第二次嗎？」

「嗯，有人問老師了，都要等。」

「那感覺不就跟沒抽到籤一樣。」

「沒錯，你想想看，像他們那樣，如果一直抽到簡單的，到最後期限快到了才忽然抽到難的，那不是更倒楣嗎？所以我還是希望一開始就抽到難一點的，至少還有很多時間想辦法。」

本來就各自聊天的同學們一聽到這句話更加喧嘩起來，阿爾也不例外，他對森林之行一直都不太放心，現在更加覺得就算在森林裡遇到野獸，考試也不會通過，除非是非常可怕恐怖的怪物，但是他一點也不想遇到那種怪物。

他想，如果考試太簡單就要考好幾次的話，那在一次考試內幫對方很多小忙，累積起來應該也可以。

＊　＊　＊

他和幾個同學聊過之後，一起去問老師，確認可以後，中午吃完飯就往海曼先生家去了。

今天開門的是格雷，他一看到是阿爾，馬上就把門關上。

隨後出來的辛亞聽到大力關門聲，卻沒看到人，覺得有問題：「是誰來了？」

「沒有人！」

可是敲門聲又響起來了。

格雷擋在門前，辛亞快步上前拉開格雷，打開門，看是阿爾：「是你啊，真是對不起，小孩子不懂事，快請進來。」

格雷瞪了阿爾一眼就跑開了。

阿爾想叫住他，但想他應該是不會理自己，就跟著辛亞先進了屋。

「是這樣的，上次說到要去森林的事，可是小弟弟好像不太高興跟我在一起，這樣到時候一起去也玩不開心，所以我想說有空就過來陪他玩，看會不會好一點。」

海曼和辛亞聽他這樣說都很不好意思，上次阿爾走後，他們就訓了格雷好久，但格雷還是認爲都是那間學校不好，隨便亂派人。

可是說起要玩的話，海曼和辛亞對看一眼，格雷那小子跑到後院去了，要他來一起玩也不太可能。

「我帶了玩具來，先請你們看看。」阿爾也早想過他們想的事，自己接著繼續說。

兩人都很意外，阿爾除了手上的小書袋，看起來不像有帶其他東西。

只見阿爾將兩手伸到胸前，兩掌互對，中間慢慢地有個光點浮現出來，小光點愈來愈大，大到像顆小球的時候，阿爾放下了手，對著小光球輕輕吹了氣，小光球便往對面海曼慢慢飄去。

海曼伸手對小光球搧了搧風，小光球又往他搧的方向飄走，辛亞也伸手出來搧，兩人立時玩得不亦樂乎。

「這就是你之前說的用來玩的嗎？格雷一定會喜歡的。」辛亞邊搧邊說。

「是啊是啊，我一定會叫那小子喜歡的。」海曼邊對阿爾說，邊注意球飄的方向，不忘把它搧回來。

「是的，這個還可以換其他顏色，不知道小弟弟喜歡什麼色的？」

辛亞回說：「格雷最喜歡的是藍色，不過光有藍色的嗎？」

阿爾手伸向光球，口中喃喃低聲唸著兩人聽不懂的咒語，小光球的顏色漸漸地從白色變

成了海藍色。

「因爲有時候看情況我們會讓光的顏色柔和一點，像燈油那樣，所以也有教改變光的顏色，不過大部分顏色都用不到，所以這只是我們同學之間玩遊戲用的，考試也不會考。」

海曼滿意地點點頭，又問：「不過魔法應該是會消失的？」

阿爾點頭，「是的，這個大概可以維持一天，明天這個時候會消失。」

「那要叫格雷快點來玩才行。」辛亞說著起身朝後院走去，「格雷，阿爾哥哥帶了玩具來給你玩，你快點來看看，很好玩的。」

「我才不要玩他的東西！」後院傳來格雷大聲的拒絕，海曼一氣，站起身來，要往後院走去，「我去叫他進來！」

阿爾連忙也站起來阻止，「不用了，不必這麼急，這個光球就先留在這裡，我明天再過來看看，如果他喜歡的話，我再做一個新的。」

夫妻倆也擔心把格雷叫進來又說難聽的話，就同意了。

「那我先走了，這個光球晚上要收起來，不然房間會很亮的。」

送走了阿爾，辛亞看到格雷在後院門口往這邊偷看，就招手要他進來，格雷一看被發現，馬上又跑回後院。

海曼用兩手互搧把小光球維持在自己面前，自己走到哪，小光球就到哪，氣著說：「他不要就算了，反正我喜歡，我自己玩。」

＊　＊　＊

第二天阿爾來的時候，問起昨天的光球，辛亞一臉煩惱：「好像被偷走了，昨天晚上我收到廚房櫃子裡的，今天早上起來看不見了，我看櫃子裡面像被翻過，以爲遭了小偷，可是看來看去，也只有光球不見而已，真是奇怪。」

「沒關係，我再做一個。」阿爾邊說邊像昨天一樣做起了光球。

「說來你那個球真的很亮，昨晚省了燈油哪，這個……有點不好意思，本來說家裡不缺燈油的，可是因爲自從腿摔斷後，暫時沒工作，積蓄都花到醫藥上了，看了你那個光那麼好用才想說能省就省，你可以每天來幫我們做個光球嗎？」

阿爾很興奮，對方主動提出要求，才能算在畢業考裡，「可以！如果只有晚上需要，不要玩的，我可以黃昏再來，球的大小和亮度都可以調整，時間也可以縮短。」

「不不，玩的還是要的，對了，玩的換紅色的，我喜歡紅色。晚上用的就和燈油那個火差不多顏色的。呃，一次兩個可以嗎？」

「可以，再多幾個也可以。」

辛亞一臉懷疑，她老公什麼時候開始喜歡紅色了？

阿爾做好了光球又聊了幾句就回去了。

格雷跑出來盯著光球，很不滿地說：「紅色是給女生玩的！」

「反正你又不玩，什麼色有什麼關係。」

格雷嘟著嘴，氣呼呼地跑走了。

辛亞看著格雷跑掉，轉向海曼：「你是故意的嗎？」

「當然啦，我早上看到那小子房間裡有藍色的光呢。」

「那你幹嘛不跟我說啊，害我早上緊張了半天。」

＊　＊　＊

中等部專用公佈欄在畢業考開始之後，多設了一區專門用來公佈通過考試的學生名單，通過的學生名字會自動出現在名單中，同時因爲有重複考試的狀況，爲了讓學生了解自己通過的進度，老師說，完全通過的名字會發亮，只通過簡單，還要繼續考試的名字顏色會很淡，至於發亮要多亮才算，老師說，等你們自己看到就知道了。

阿爾抬頭看著公佈欄，上面只有幾個顏色很淡的名字而已，他很仔細地從頭到尾看了好幾次，想看是不是還有字顏色淡到看不出來，可是沒有，怎麼看都沒有他的名字。

他不是做光球幫海曼先生節省了燈油嗎？雖然那個光球也是一年級程度而已，但是一年級第一課的魔法掃帚都算通過一次，他的光球也應該算啊。

＊　＊　＊

凱莉老師覺得她非常倒楣，因爲開始畢業考後，三年級就不用上課的關係，那三個本來課就不多的導師很理所當然地沒事就不來學校了，就算有時候來了，可是學校那麼大，也沒規定他們一定要好好待在辦公室等學生來發問，所以現在學生已經不管他們自己的導師有沒有來學校，有問題都是直接找她問，誰叫她管理全校唯一的教具室，不能不來，也不能隨便亂跑。

「可惡的溫蒂，枉費我和妳那麼好，居然把所有事情全丟給我，下次碰到一定要妳請我吃飯！」凱莉看到阿爾進來教具室的時候，心裡默默地這麼唸著，可是，溫蒂是一班的導師，阿爾是三班的學生，他們兩個沒什麼關係。

「是阿爾同學啊，今天有什麼問題？」因爲最近中等部三年級的學生來這裡問問題的比申請魔法材料的多，加上阿爾學的光魔法很少會用到魔法材料，所以凱莉老師一點也不會認爲阿爾是來申請材料的。

「是這樣的，老師，我今天……」

阿爾說出他的疑問，凱莉老師其實覺得這樣應該也可以算的，都是幫人嘛，可是寒假時的會議有討論過這點，那些導師就是不想解釋，所以全都躲起來了，「因爲啊，學校決議是說，像這種狀況，其實他們家不缺燈油，就算沒有你的光球也沒關係，所以雖然他們家人很滿意，還是不能算。」

阿爾一愣，稍微想了下，又問：「那老師，他們有說想去森林，要我陪他們去，如果遇到野獸用光趕走，這樣算嗎？」

「這要看情況，如果那個野獸就算沒有你的光，他們自己也有辦法趕走，或是他們自己能逃走，那就不算。」

在森林裡遇到野獸的機會本來就不高了，這樣還不算，那這一條阿爾覺得可以不用期望了，他就當只是陪他們去玩就好。

「你就再努力去觀察看看他們家裡有什麼是真的需要的，有空常去他們家走走吧。」

「知道了，謝謝老師。」

＊　＊　＊

今天中等部很熱鬧，三個班的學生互相問來問去。

今天沒有人抽到摘月亮的籤，可是它昨天明明就被棄籤了，有人問凱莉老師那張籤是不是取消了，凱莉老師說昨天下午有人找她抽走了，可是她不說是誰。

被棄的籤不用等隔天早上八點，當天下午就可以再去抽，可是現在除了摘月亮，沒有人會棄籤了，所以下午再去抽，一定只會抽到摘月亮，大家都在說，去抽的人，如果不是急著抽籤忘記只剩摘月亮，就是他真的想到摘月亮的方法。

沒有人覺得會是後面那個可能，但是如果不是的話，應該抽到籤就會放棄才對啊。大家都在問是誰把籤抽走了，一整個早上三個班的人跑來跑去，一再重複一個個問誰知道誰把籤抽走了。

快到中午吃飯時間的時候，還沒有問出結果，大家就想應該是今天沒來學校的人，所以三個班又各自把自己班沒來的人寫下來，再把已經抽過籤的劃掉，看看剩下的還有哪些人。

最後三個班合計有十幾個，大家又開始問知不知道他們住哪裡，因爲每天沒抽到籤的人都會重分組去街上拜託居民報名，所以乾脆也順便分配去問誰抽走了摘月亮。

「不用那麼麻煩啦，說不定明天就會棄籤回來了。」

「有可能喔。」

「不行，我一定要問出來！」

「你是抽不到籤沒事做嗎？那就早點來學校排隊啊！」

「我每天都有提早好不好，可是你知道他們多誇張，上星期五點半開始排已經夠早了，今天直接跳到三點開始，是不用睡覺喔！」

「可是學校五點才開啊。」

「是不是住宿舍的啊？」

「宿舍大門也是五點開的。」

「不是，他在學校大門口等！門一開馬上衝到教務處前面！」

「那我看你們還沒抽到籤的等一下就回去睡覺，晚上起來排隊吧。」

「不行，我一定要問到是誰抽走的，這是我現在難得的樂趣！」

＊　＊　＊

這一天沒有人問到結果，第二天一大早，公佈欄上亮起的名字讓大家忘了這件事，轉而關心第一個真正通過考試的學生是怎麼辦到的。

「二班的芙蘭？我記得她還沒抽到籤啊？」

「芙蘭很少來學校，她兩三天才來排一次隊，我每次看到她都排很後面，一看就知道抽不到。」

「她昨天也有來看抽籤，可是沒排隊。」

「那她怎麼會通過？」

芙蘭也是學光魔法的，阿爾有好幾次和她分在同組一起學光魔法，和她交情還不錯，聽大家說的話，覺得奇怪，芙蘭是個腦筋動得很快，做功課也很勤快的女生，怎麼會每次都排到後面，第一天的排隊太意外不算，後來幾天她應該是可以早到的。

阿爾一邊注意聽大家聊的內容，一邊左右張望想看芙蘭有沒有來學校。結果人還沒找到，卻先看到個讓他目瞪口呆的東西。

「月亮！爲爲爲……爲什麼月亮會跑到這裡！」看到的同學們紛紛你一言我一語，視線全跟著飄進走廊的月亮移動。

在月亮的後面，有個女生走了進來，她就是二班的芙蘭，看起來心情非常愉快，「我做的月亮很像吧！」

月亮飄過阿爾面前，阿爾看出那其實是個光球，「妳是怎麼把顏色調配成這樣的？」月亮上坑坑洞洞的，顏色有暗有亮，阿爾也能讓光球有不同顏色，不過是幾個顏色輪流換，像這樣同時亮度不一，他還沒有做過。

「這是練了好久的，自從摘月亮每天都被棄籤以後，我就決定要做這個了。」

「那妳來排隊只是來看有沒有誰真的抽走而已？」阿爾憑著對芙蘭的了解，這樣猜測。

芙蘭點頭，「沒錯！」

「那妳幹嘛不早點去拿走，害大家這樣一直抽抽棄棄的。」

「要先練好啊，不然萬一先抽了，結果練不成我就慘了。」

「等一下，我有問題。」有人舉手讓芙蘭注意到他，「那不是真的月亮，這樣也算？」

「對方覺得是真的就好了。」

「不會吧，誰那麼好騙啊，又不是小孩子！咦，不對，是小孩子嗎？」

「是小孩子。」

芙蘭點頭，大家尖叫。

「太過分了，我都還沒抽到籤，妳居然就通過考試了！」

「大家可以去拜託多幾個人說要摘月亮這樣，我可以教你們。」芙蘭半開玩笑地說。

「算了，妳那個看起來也沒有很好做，連妳本來就學光的都還要特地練。」

「反正大家，其實不要看到題目就煩惱，多想幾個方面說不定就通了。」

「哪有那麼簡單啊，那妳幫我們想吧。」

「對啊，妳幫我們想。」

「咦……」芙蘭苦笑，然後，那天之後，她就更少來學校了。

＊　＊　＊

下了幾天的雨，剛開始阿爾每天都去海曼先生家，海曼雖然覺得下雨天天色陰暗，能有個光球照亮很好用，但還是覺得讓人家每天冒雨來不好意思，一再拒絕後，阿爾就暫時沒有去了。

雨停之後，阿爾再次到海曼先生家時，來開門的又是格雷，阿爾以爲他會把門關上，可是格雷只是呆呆望著他，什麼也沒說。

辛亞在後面笑呵呵地招手：「快進來啊，這小子這幾天沒球玩，每天都在抱怨，只要一聽到敲門都搶第一個去開呢。」

格雷被說的臉紅起來，小聲說了句話就先跑進去了。

阿爾聽到他說的話，愣了下，他本來以爲他會說「才沒有呢！」，可他聽到的卻是「阿爾哥哥，對不起。」

阿爾進屋的時候沒有看到格雷，海曼也不在，辛亞端了茶過來說：「院子裡積水，他們父子倆在清。」

「那我也一起幫忙。」阿爾說著往後院走去，辛亞也沒有阻止，他們已經很習慣阿爾幫他們做事了，畢竟他的考試內容就是要幫他們。

院子裡一片潮濕，但積水不算嚴重，阿爾踏了一下，也不會陷入泥土裡。

他走到一小片水窪前，雙手伸到胸前，做了個光球，比之前做得大些，讓它停在水窪上，又走向其他小積水處。

格雷走向光球，伸出手指要去戳，阿爾急忙阻止：「不要動，那是要曬乾地面的。」

「熱烘烘的。」格雷把手放在光球周圍溫暖了下，又蹲下來看地上。

阿爾又說：「沒有那麼快的，這個不是火球。」

「喔。」格雷有點失望，只好又去幫爸爸清積水了。

＊　＊　＊

阿爾在幾個小積水上方都放了光球，海曼父子倆也把積水較多的地方都清理得差不多了。海曼提水出去倒，格雷跑到一個光球旁邊，看地上已經乾了，撇著嘴，又一個個跑去看，「都沒看到變乾的樣子！」

辛亞指著父子兩清過積水的地方說：「那邊還沒乾，阿爾那邊也放一個吧。」

阿爾順著走過去，才剛放好，就聽格雷大叫：「媽媽，媽媽，妳快來看！」

阿爾離得近，先過去看，沒看到出有什麼特別的。

辛亞過來時，眼睛一亮：「這棵花早上還奄奄一息的，本來還以為再不出太陽，它就要死了。」

「對啊，它好好站起來了耶。」格雷興奮地喊著，停了一下，恍然大悟說：「原來你只會醫花，不會醫人。」

辛亞朝格雷頭上揮了一掌：「不要再提這件事了！」

海曼倒水回來聽到，眼睛也亮了起來，「你會醫花啊！」

阿爾看對方興奮，連忙搖手否認：「不是啦，那只是剛好被光球照到，像太陽一樣。」

「像太陽一樣。」海曼的眼睛更亮了，快步地朝院子一角走去，辛亞忙過去扶他：「你走慢點。」

海曼走到院子裡最大的樹下，樹下還有一棵小樹，格雷跑到小樹邊，那棵小樹就到他的脖子高度。

「這棵小樹已經五年多了。」海曼聲音裡有點感嘆。

「這是鳳凰木嗎？」鳳凰木長得很快，沒意外的話，五年一定會比旁邊那棵大樹茂盛，所以阿爾在想會不會只是很像的。

「對。」海曼抬頭看著大樹濃密的枝葉，「因爲照不太到陽光才長得這麼慢。」他又低頭看著小樹，「那時候我和辛亞都很忙，發現這棵小樹冒出來時，想說先等它大一點看看是什麼樹再決定要不要留，後來看出是鳳凰木時，因爲我們都很喜歡，就想要留著，可是要移開時，樹根都已經纏在一起，我們怕它太小，挖不好就死了，所以又想說再等長大點看看，結果就這樣拖著拖著，變成這樣，移不開又長不大。」

「所以阿爾哥哥你會醫花，就把它醫好，讓它長大。」格雷從小看著這棵樹長得比自己還慢，一直也特別關心。

「可是兩棵樹長在一起要怎麼……」

海曼走到大樹外沒有樹蔭的位置，「你在這邊做個光球，樹都會向著光長的。」

阿爾看了一下周圍，院子其他地方種了不少花草，只有這兩棵樹周圍乾乾淨淨，只長了一些雜草，看來是特意要留空間給兩棵樹的，在這裡做個光球對其他草木影響不大。

＊　＊　＊

這樣過了幾天，可以看出小樹的枝葉有點轉向光球那邊去了。

「好像沒有在長高。」格雷站在小樹旁邊比身高。

辛亞笑著：「才幾天哪有那麼快。」

「可是種子發芽以後都長很快。」

＊　＊　＊

時間一天天地過去，聽格雷每天都在唸樹沒長高，本來就不太放心的阿爾也愈來愈擔心了，他問過老師，如果這棵樹可以靠他的幫助成功長到自己吸收陽光，他的考試就會通過，而且不用再考第二次。但是除了不知道那棵樹到底什麼時候才會長大以外，他還疑惑那個光球不難做，不太可能這樣就通過考試。

阿爾想來想去，他現在可以說是在做個小太陽，芙蘭做了月亮，他們算是同伴了。芙蘭很少來學校，就去她家找她吧。

＊　＊　＊

芙蘭看到來的是阿爾，鬆了一口氣，同樣是學光魔法的同學來找她，她能出意見，其他的不是她不想幫忙，實在不懂，只能給些聽起來好像可以，實際上不知道到底行不行的提議。

聽完阿爾的說明，芙蘭說：「你要不要再做更像太陽一點？太陽不是固定不動的，從早上到晚上熱度也都不一樣，而且我想每天天氣都不一樣，也要配合一下，不要差太多。」

「自己動還好，熱度有方法調嗎？」之前阿爾會認爲這要先做好光球，他再一旁不斷看情況調整，但是芙蘭調出了顏色深淺不一的月亮，他覺得她一定有辦法直接做出來。

「嗯，你先看我做一下。」

阿爾仔細看芙蘭的動作，平常他們做光球都是非常專注地兩手平均往中間灌注魔法，但是芙蘭沒有，她有時會放鬆，手也會前後左右移動，像在調整什麼一樣。

做好後，阿爾看著那光球：「沒有上次像。」

「只要示範給你看而已，要做到像我要邊看圖邊做。」

「那不就會分心了嗎？」

「所以要練。」芙蘭兩手各指著月亮的左右兩個點：「你看這兩邊顏色也不一樣，在做的時候，左右兩手施的魔法要不一樣，剛開始的時候很容易會兩手做出對稱的動作，不過幸好你那個太陽也不用調顏色，就是熱度要隨時間變化。」

阿爾點點頭：「我懂了，在做的時候就要像從早上到晚上的熱度變化那樣調整魔法威力，有時候要強，有時候弱，不能平均。」

「嗯，你先把這個練起來，然後再來配合每天的天氣。那棵樹我先去幫你看著，你回家專心練吧。」

「咦？」聽到後半句，阿爾吃了一驚：「妳要去幫我？」

「不然？你要每天去拿樹練習嗎？」

「那當然不行。」弄不好愈長愈糟就慘了，「可是不用過去也沒關係，妳也不能幫我施魔法。」

「沒有要施魔法，我去看看那棵樹長的進度，要是有什麼狀況再跟你說。」

＊　＊　＊

一個月後，海曼一家和阿爾、芙蘭站在大小樹前，小樹最近快速成長，枝葉總算是伸到大樹外面去了。除了小太陽以外，芙蘭還建議繞鐵絲，讓小樹幹彎曲往光的方向，她告訴格雷這樣以後樹長大了，他可以爬上去坐在上面，格雷當時興奮地看著爸爸繞鐵絲，一心期待可以爬上去那天。

「這棵樹跟阿爾一樣呢。」芙蘭望著樹說。

「嗯？」阿爾看著芙蘭，等著她繼續說下去。

「都很渴望光啊，你因爲家裡錢不夠買燈油才想來學光魔法，這棵樹呢，就等著你來給他光呢。」

阿爾微笑起來，而中等部的公佈欄也亮起了阿爾的名字。

Chapter 03

# 故事中人

「琳要看魔法，琳要看魔法啦！」

蓮娜在掃地，後頭一個五歲的小女孩拉著她的裙子，一直喊著同一句話。蓮娜當作沒聽到，只管掃自己的地，雖然裙子被拉著走路不方便，不過她習慣了。

蓮娜第一天就抽到籤了，「褓母」，那時候，蓮娜的腦子最先想到的是：「當褓母不用魔法吧？」來到這個家的時候，小女孩的媽媽告訴她只要讓小孩有飯吃、陪玩、說故事就行，蓮娜再次想：「果然不用魔法。」

可是小女孩第一句話就說：「今天的點心琳要吃魔法做的布丁！」

小女孩的媽媽都還沒介紹雙方認識，聽了這話，就對蓮娜說：「這個妳不用管她，因爲最近念給她聽的故事裡講到魔法，她迷上了才會這樣，妳只要照顧好她就行了。」

蓮娜本來鬆了口氣，可是小女孩很愛哭，蓮娜聽到小孩哭心就慌，所以她問她，「魔法做的布丁要怎麼做？」

小女孩對於有人向她提問感到很得意，比手劃腳地說：「就是用魔法，湯匙會自己動，布丁會自己攪拌，然後然後，布丁就做好了！」

蓮娜照著她的意思做了，從小她就學習煮飯炒菜做點心，以她才十三歲的年紀，至少做出來的餅乾、點心，同學們都說好吃，所以她想就試一下吧。

可是要讓東西自己動，她頂多只能讓東西浮起來隨便亂飄而已，對，隨便。所以她讓牛奶自己倒出適合的量的時候，牛奶搖搖晃晃的，她很努力了，可是牛奶還是灑出去了，她立刻衝上去用手趕快接住牛奶罐，免得全倒光。

那個湯匙要去舀糖加進牛奶時，湯匙上上下下的，就是對不準糖罐，好不容易舀到了，可是湯匙要出來時，撞到了罐子壁，糖又回罐子裡去了。

打蛋的時候，蓮娜覺得這無論如何不能用魔法，小女孩哭了，蓮娜快速打完蛋，開始用魔法進行攪拌，緊急讓她停止哭泣……

總之，一向都覺得自己做的點心很好吃的蓮娜，第一次知道布丁原來這麼難做，那次做的布丁，形狀很醜，味道甜過頭，小女孩繃著臉，也不管味道怎樣，只是一直說：「這只是一半的魔法布丁而已啦！」

小女孩的媽媽知道後說：「妳真的不用理她啦，做妳會的事就好了。」

後來，陪玩的時候，整理房間的時候，說故事的時候，不用魔法小女孩就哭。

開始幾天，蓮娜很慌，可是把房間弄得更亂，她更慌，所以聽小女孩哭了幾天，加上小女孩的媽媽每次回來都告訴她，隨便她哭就好了，不用什麼都順她的意，所以蓮娜習慣了，她現在就是要用手拿掃帚掃地，後面拉她裙子那個，等一下要是又哭了，就塞糖果給她就好。

＊　＊　＊

蓮娜家裡雖然富有，但是軍人家庭，女孩子很少有上戰場打仗的，所以他們家的女孩子從小就開始培養成長大以後和其他家族聯姻的淑女，她媽媽堅持把她送來這裡，家族不肯出錢，只有些親人偷偷給她錢，爲了有更多的生活費可以花，她選擇住在包吃包住的學校宿舍裡。

宿舍每個房間兩個人住，今天蓮娜一開房門，室友珊珊就撲了上來，「蓮娜，妳終於回來了，我好想妳！」

每天都見面有什麼好想的，蓮娜一邊關上門，一邊把珊珊從自己身上推開，問：「什麼事啊？」

「我今天終於抽到籤了，是要表演火舞。」

蓮娜坐到床上，很是羨慕，「運氣很好呢，剛好妳學火焰。」

「不好，火舞是什麼，我就只有聽過這名字而已，不要說沒親眼看過了，連圖片都沒看過，而且我也不會跳舞！」

「圖書館和舞蹈老師？」

「都去過了，我們學校不需要火舞，所以圖書館沒有相關的書，老師說那是很遠很遠的地方的人跳的舞，我們國家太難看到了，她也沒看過，不過她想學校裡可能有人看過……」

珊珊說到這裡，看著蓮娜，蓮娜覺得她的眼神像是在說，那個人就是她。

「王都的外國人特別多，經常有其他國家的人來表演，所以妳有看過吧？有吧有吧？」

珊珊的眼神充滿期望，可是蓮娜沒辦法給她想要的答案：「沒有。」

「說不定妳忘記了，妳再仔細想，一定有的，再想再想啦。」

蓮娜表現出認真回想的樣子，不過她想，火舞這麼特別，她如果有看過，一定不會忘記的。

「就算有看過，我也沒辦法教妳跳啊，妳要不要找誰幫忙查一下王都這幾年有過什麼特別的表演。」

「沒有要妳教啦，只要說大概是怎樣就好了。那種事情有紀錄嗎？」

蓮娜點頭：「外國人出入都有紀錄。」

「可是那也要到王都才能查到吧？」

「找學探查遠方事情的學長姊。」

珊珊一臉沒望了，「那太困難了，學的沒幾個，學得好的更少，去哪找啊，像我們這一屆就沒有一個人學。」

「有啊，二班的伍迪。」

珊珊覺得蓮娜說的是沒用的話，「他是例外，有學跟沒學一樣。其實我還有想另外一個辦法，也是要妳幫忙。」

蓮娜覺得後說的方法應該是更難的，她幫不上忙的機會更大。

「我那個委託，他們是以前有朋友出差去看到火舞，回來說給他們聽，他們就也想看，所以我想，妳的幻術不是有一種是被施法的對象會看到自己心裡想的事?妳教我那個，我去找那個朋友把幻影記下來回來展現給他們看。這樣，要學多久?」

「學到上高等部。」

「唔，要那麼久。那，如果是妳去找那個朋友記下幻影，然後回來給我看，我再學跳看看。這樣應該沒有違規，只是妳有空嗎?」

「是沒有違規，如果可以的話，我也想抽空去幫妳，不過我是說，要做到那樣，我要學到高等部，是我要學。」

「咦?等等，我剛才說的有超過妳會的嗎?妳的幻術可以讓被施魔法的人看到他自己想的事，我記得妳有說過類似的啊。」

「嗯，有，不過，是被施魔法的人看到，不是我看到。就是說，我可以讓被施魔法的人看到他非常害怕的景象或東西，可是，我看不到到底是什麼。因爲妳想啊，如果我看得到的話，那不就等於知道對方心裡在想什麼，就像讀心術了啊。」

珊珊本來只擔心自己沒辦法在期限內學成而已，但是現在聽來，她連學都不必了，「讀心術，這也是難到只有伍迪那種笨蛋才敢學的。」

「妳不要老是這樣說他啊。」

「反正大家都這樣說，沒關係啦。」

珊珊坐倒在自己床上，望著天花板嘆氣。蓮娜準備起盥洗用具，打算先洗個澡。珊珊忽猛地坐起，「等一下，我又想到了。」

蓮娜停下腳步看著她。

「學讓對方看到心裡想的，要多久？我就讓那家人自己看到火舞就好了。」

「那沒有用，因爲他們根本沒看過，看到的只會是他們自己想像的模糊不清的景象而已，那跟叫他們自己幻想的結果是一樣的。」

「所以，用幻術完全沒希望？」

「對。我看妳再去多問幾個老師誰可能知道吧，其實考試規則有說，也可以找校外人士幫忙。」

「那也要有認識或知道的啊。」珊珊又倒回床上，望著天花板問：「那妳那邊怎麼樣了啊？妳都沒有去班上，大家都在說應該是很順利，不用人幫忙。」可是珊珊知道，蓮娜是不想在大家都有困擾時去麻煩人幫她。

「我還在繼續練習魔法操控物品。」

「其實我現在才想到，妳直接給她看幻影不就好了，布丁的製作過程全部給她幻影，這樣妳可以吧？」

蓮娜眼睛一亮，把盥洗用具先放到桌上，又坐到床上，這樣聽起來還可以，不過有些問題「可是那樣布丁沒有真的做出來，不能吃。」

「就給她以爲是真的碰得到，真的可以吃？」
「可是那樣她就沒有真的吃點心了，她媽媽說每天要給她吃點心的。」
「她以爲有不就好了嗎？」
「那樣好像騙人……」
「可是幻術本來就都是假的，妳學幻術，難道還想說都不要用幻術通過考試？」
「可是她只是小孩子，騙小孩不太好。」
「她本來就是想要看魔法啊，妳只要有告訴她是魔法就不是騙。」珊珊轉向蓮娜的方向。
「她會以爲是魔法做的真布丁。」
「那是她以爲，又不是妳說的，不算騙，真的。」
蓮娜猶豫著：「可是除了布丁、點心以外，午餐她也要用魔法，午餐不能真的沒吃東西。」
「讓她也有肚子飽的幻覺好像不好喔？」
「不好，她那麼小，正餐一定要真的吃才行。」
珊珊轉回頭看著天花板：「真是麻煩啊，不讓她滿意，妳就不能通過考試，要讓她滿意，還要顧慮到她，比上戰場對付敵人還麻煩。」

＊　＊　＊

一夜的思考，蓮娜想了不少事，這幾天她也算對小女孩有點小了解了，比如昨天拿糖果給她，她雖然表現得不情不願，還是舔糖果舔得津津有味，希望今天這個應付方法也能有點效用。

琳坐在餐桌上，雙手撐著下巴，雙腳在桌下搖晃著，臉則是不時朝廚房看去，這個姊姊跟媽媽愈來愈像了，她哭得那麼大聲都不理她。

＊　＊　＊

午餐端上了飯桌，琳坐在桌前，雙手撐著下巴，嘟著嘴，眼睛睜得大大的，瞪著蓮娜，「不是魔法做的，琳不吃。」

蓮娜坐到她對面，笑著說：「姊姊知道，所以妳看，只有一份，是姊姊自己要吃的，琳肚子餓的時候再跟姊姊說。」

「不是魔法做的，琳才不會肚子餓！」

＊　＊　＊

時間一點一滴地過去，蓮娜一口一口地吃著飯，琳剛開始還坐在她對面瞪著她，後來發現愈看肚子好像愈餓，就跑回去房間把門關起來，自己拿娃娃出來玩，邊玩邊一直唸：「琳肚子不餓，琳肚子不餓。」

可是好像愈唸愈餓……

廚房傳來洗碗盤的聲音，琳的肚子也咕咕叫了起來。

琳大驚，忙跑到門邊，聽洗碗盤的聲音還在繼續，沒有走路過來的聲音，她想蓮娜應該沒有聽到，放了心，跑到床上去，拉起被子把自己全身都蓋起來，這樣聲音應該就不會傳出去了。

不過春天的被子很薄，蓮娜開門進來的時候，琳的肚子又咕咕叫了一聲。

「還沒吃飯不能睡午覺，先來吃飯吧。」

琳打開被子，偷偷看去，蓮娜正把飯擺在桌上，「琳肚子不餓。」

「那好吧。」

話剛說完，琳就看到桌上擺的飯不見了，一下子驚坐起來，指著桌上，說不出話來。

「那是魔法做的，它聽到琳不想吃，就自己消失了。」

「琳要吃，琳要吃！」琳掀開被子，下床三步併做兩步，跑到桌前端正地坐好。

「可是琳肚子不餓，吃了肚子會撐，會肚子痛。」

「不不，琳肚子餓，琳肚子很餓了。」

那個飯又出現了，琳開心地把餐盤拉到自己面前，拿起湯匙吃了起來，「好好吃，果然魔法做的比較好吃。」

明明就一樣，蓮娜在心裡嘀咕，那其實是真的飯，在餐桌的時候，她讓琳看不到飯，現在也是，只是讓她看到、看不到而已。

終於吃到一餐魔法飯的琳很開心，不但吃得乾乾淨淨，吃完還說她要自己洗碗盤。

「不行，妳還不會洗，會摔壞。」

「琳洗一洗就會了，琳的魔法飯要自己洗！」

蓮娜真想說魔法做的不用洗，可其實是真的，不讓琳洗，她自己也得洗。她想了一下，攤出兩手給琳看：「魔法喔，仔細看。」

琳盯著蓮娜空空的手，忽然滿滿的都是糖果，琳眼睛睜大了，臉上寫著大大的開心。

蓮娜問：「魔法糖果，要吃嗎？」

琳邊點頭說要，邊想伸手拿，可是她兩隻手正端著午餐盤子。

蓮娜趁機說：「碗給姊姊洗，琳吃糖果。」

琳看著碗盤，再看看糖果，說：「好吧，琳下次再洗。」

她放下碗盤，伸手就要去接糖果，蓮娜卻縮回手：「等一下，媽媽有說什麼？糖果一次最多吃幾顆？」

「唔，」琳很不甘心，雙手滿滿的糖不能全部吃，「……五顆。」頓了一下又趕緊說：「琳要自己選！」

「好，自己選。」蓮娜把用幻術變出來的糖果放到桌上，又攤出手，搖晃著手指問：「五是多少啊？」

琳把自己的手指伸出去碰蓮娜的手指，從拇指數到小指：「一、二、三、四、五，剛好一隻手。」

「對，選吧。」

琳把糖果散開，看來看去，挑到五顆時，看看自己的糖果，又看看糖果堆，猶豫了下，把自己的一顆放回去，換了另一顆。

就這樣重複地換來換去，蓮娜看得心裡暗暗得意，她就是故意變這麼多種出來，讓她花時間選，才不會一下子又吵起其他事來。

「唔……姊姊，好難選，妳去洗碗啦。」

「好。」蓮娜站起來，順手要收走留在桌上的糖果。

琳一緊張，忙伸手攔住，「姊姊，琳還沒選好。」

「我看妳那邊有五顆了啊。」蓮娜指著琳身前的糖果要算。

「琳還要換啦，妳先去洗碗，快一點啦！」

蓮娜笑了笑，她知道小丫頭想趁她不在偷拿幾顆。其實是幻影，不管吃多少，都不用擔心蛀牙，或是晚上吃不下飯的問題，所以就算她全拿走也沒關係，但是她就是想故意嚇她。

＊　＊　＊

蓮娜再進來時，端了杯果汁放到琳面前，看著桌上剩下的糖果，說：「糖果怎麼好像變少了？」

剛要拿果汁的琳一緊張，忙說：「沒有沒有！姊姊妳記錯了！」

「是嗎？」蓮娜說著，嘴裡暗暗唸了咒語，桌上的糖果一下子全部不見了。琳目瞪口呆，蓮娜說：

「魔法糖果吃完了，不要的就自己不見了，都不用打掃，很棒對不對？」

「唔。」琳鼓著臉不說話。

蓮娜知道不把她安撫好，等一下又要哭了，「等妳媽媽回來，我會跟她說琳今天吃點心很乖，糖果剛好只吃……嗯，是幾顆？」

「沒有算啦，不是，五顆，剛好五顆！」

之後，蓮娜鼓動琳去塗鴉，自己拿出魔法書來看。

畫了一會，琳拿著圖過來，蓮娜以爲是要問覺得好不好看，可是今天不一樣。

「姊姊妳還會用魔法變別的嗎？」

「今天已經吃點心了，不能再吃了。」

「不是啦！琳要看故事！」

呃，前幾天蓮娜曾經很努力地用魔法讓書自己翻，結果不是多翻好幾頁，就是往回翻，所以她可不想再聽琳說什麼要用魔法翻故事書給她看這種事了，就算可以用幻術讓書看起來好像翻得好好的，但是她自己也要看著書說故事，幻影的書裡面寫的字不會清楚，因爲蓮娜自己也只記得大概而已。

蓮娜想，這個先認了，今天自己用手翻就好，之後再好好背個故事來假裝用魔法翻書。

她走到書架前，邊挑邊問：「今天要聽什麼故事？」

「不是聽故事，是看故事！」

「妳要自己看啊？妳看得懂嗎？」

「不是啦！」琳氣呼呼的，「琳要看姊姊用魔法把故事變出來！」

蓮娜想了一下，隨便抽了一本童話書，翻開第 頁，看著上面的插圖，念了個咒語，插圖就出現在桌上。

「不是啦，琳要會動的！」琳指著桌上畫中的人：「還有這個人不要長這樣，這個頭髮要捲捲的，裙子要膨膨的，這邊要粉紅色的，還有……」

蓮娜傻了，要會動？那是要像學校園遊會時舞台上演出來的那樣嗎？

可是，蓮娜試了一下，把桌上的圖收起來，改成出現了立體的影像，人、房子、樹木，像真實世界的小縮影。

「對對，琳就是要這樣。」琳開心地湊近看小人的樣子，可是……「臉怎麼都糊糊的啦！」又看了下：「哇！衣服突然換了？」

就知道會這樣，蓮娜想，她哪裡知道故事裡的人應該長這樣，不知道又怎麼變得清楚。

重新拿起圖畫書，翻了幾頁，把女主角的各種姿勢都看清楚，又重新念咒，桌上的女主角慢慢變得跟書上一樣。

「不是啦！琳有說頭髮要捲捲的，裙子要膨膨的，這邊要黃色的，不對，是這邊黃色，這邊白色，不對不對，剛才琳說這裡要什麼色？」

蓮娜哪裡知道，她根本沒有仔細聽，只是在心裡哀嘆：「妳自己都不知道，我怎麼弄得清楚。」

蓮娜把圖畫書開給琳看，「妳看這個灰姑娘，她每天都很忙很忙，要做很多家事，她平常沒有時間捲頭髮，是要去參加舞會時才捲的，晚禮服也是那時候才穿的。」

「不是啦！琳有看過別的圖畫書每頁都這樣畫！」

那是什麼隨便亂畫的書，蓮娜在心裡暗罵，「那琳拿那本給姊姊看好不好？」

「琳沒有，是表姊有一次來拿給琳看的。」

蓮娜想，如果可以用幻術讓琳照自己的喜好看到想要的故事就好了，可是被施這種魔法的對象會暫時迷失自己，她不想對才五歲的琳施這種魔法。

＊　＊　＊

黃昏，蓮娜等琳的媽媽工作回來，問她琳的表姊住在哪裡。

「哎呀，沒有啦，琳沒有表姊，只有表妹，她老是記錯。有帶書給琳看過的喔。」琳的媽媽偏頭想了想：「嗯，不記得有誰帶書來，可能是我們帶她去別人家玩時看到的。」

蓮娜決定收回批評那本書亂畫的話，應該是琳自己記錯了。

＊　＊　＊

滿月魔法學園可以報名入學的最小年紀是六歲，這個年紀看童話圖書的已經開始減少了，蓮娜站在學校圖書館裡，童話圖書全是同一家書店出的，畫風都一樣。她抽出灰姑娘，快速翻到舞會哪裡，這本書的灰姑娘沒有捲髮，她雖然覺得琳可能記錯，但是就算記錯了，琳還是會堅持要她覺得她沒記錯的東西，所以就把這本放回去了。

離開圖書館，蓮娜接著到班上去問同學有沒有類似的書可借，但她不怎麼期望，這年紀還會留著圖畫書的人很少了，就算有弟弟妹妹的，班上同學有一半以上不是住宿就是住在親戚朋友家，弟弟妹妹遠在家鄉。

有人說記得曾經有，但是要回家翻翻看才能確定還在不在。

有人說家裡有很多，但是不確定有沒有灰姑娘。

還有人說：「不用那麼麻煩啦，我幫妳畫！」

這是班上很愛畫畫的柯特，一聽到有可以畫畫的機會就自告奮勇。

蓮娜搖頭：「我是要找書，不是要畫圖。」

柯特再接再厲：「說不定她看了我畫的喜歡，就忘記那本書啦，小孩子都這樣。」

蓮娜覺得有理：「不過你也有自己的事要做吧，我先去隔壁班借借看，有需要時再麻煩你。」

「只要是畫畫，我隨時都可以！這場考試就是要互相幫忙的啊。」

「是沒錯，那我明天沒借到書再找你。」

「不要啦，我現在就幫妳畫。」

蓮娜說不過他，又想急著去隔壁班，便說：「那請你先幫我畫灰姑娘，明天我再來拿。」

「好，沒問題！」柯特拿出紙筆準備開始畫，「妳要怎樣的？咦？班長呢？」

柯特看看前門、後門，蓮娜剛踏出後門走了，「管他的，先畫再說！」

蓮娜去了隔壁班後，又上街去了書店，那裡的灰姑娘圖畫書有三本，有一本和學校圖書館的一樣，另外兩本都是畫捲髮的，禮服顏色她就不管了，琳說得不清不楚的，現在她只希望同學有這兩本書。她住在宿舍，對生活費斤斤計較，能省則省，要她一下子拿錢出來買兩本書，她捨不得。

＊　＊　＊

第二天蓮娜到學校的時候，桌上壓了一疊紙，柯特一早來學校把畫放在蓮娜桌上就走了。柯特畫的圖確實好看，班上同學很多都很喜歡，雖然這真的不是她現在要的，不過人家都畫了，不收也不好意思，蓮娜就拿著畫再去找說好要借她書的同學，全部一起帶去琳家。

琳的媽媽正要出門，看了蓮娜的書以後說：「這個書舊了，不管裡面畫多好，她一定都說不好。」她看來看去，最後拿著柯特的畫說：「我看她應該只會喜歡這個。」

呃，蓮娜努力讓自己維持笑容，「沒關係，我都給她看看。」

＊　＊　＊

琳的媽媽說得果然對，「她們的衣服都舊舊了，不是這本啦！」琳翻開第一本書，嘟著嘴，指著畫裡的人說。

是書舊了，不是畫裡的人，蓮娜想，這樣根本不能確定真的不是這本，那她是不是得去書店把新的買回來給琳看，還是帶她去書店，可是琳很會大吵大鬧，蓮娜不想當眾丟臉。

蓮娜總共借到四本書，有兩本一樣，琳每一本都只翻了一下就說不是，蓮娜把每一本都翻到舞會的時候，全部攤開在桌上，「妳看，是捲捲的頭髮，膨膨的裙子喔！」

琳的眼睛一下子亮了，搶過第三本，是跟二班同學借來的，「就是這個，這裡粉紅色的，這裡黃色的，這裡白色的，可是它變舊了。」琳塌下肩，「是不是灰姑娘的後母不給她新衣服，每天都穿這件膨膨裙就變舊了？」

不是……「那姊姊用魔法把這個衣服變新好不好？」

「好啊好啊。」琳一聽又有魔法，精神馬上恢復。

蓮娜把那本書拿過來從第一頁開始，照著圖上的樣子慢慢地把幻影呈現在桌上。

「不對啦，衣服穿錯了，沒有蓬蓬裙！」琳指著桌上的人抗議。

蓮娜把第一頁給她看：「不是喔，一開始是穿這樣的，蓬蓬裙是後面的。」

「不對不對啦，那是蓬蓬裙太舊不能穿了才換的啦，本來應該是穿蓬蓬裙的。」

胡說，圖畫書的衣服怎麼會自己換啊，「琳，灰姑娘穿蓬蓬裙就不能做家事了，妳要不要穿穿看？」

「琳沒有蓬蓬裙。」

蓮娜唸著咒語，琳眨眨眼看到自己身上的衣服換成和灰姑娘一樣的蓬蓬裙，當場高興地蹦蹦跳跳，然後踏到裙子，蓮娜連忙奔過去扶住她，「看吧，琳穿蓬蓬裙都不會走路了。」

「才不是，琳會，琳沒有跌倒！」琳說著提起裙子一步步地在房間裡踏步走。

「可是這樣手就不能做事了。」蓮娜又說。

琳看著自己兩手都抓著裙子，一愣，賭氣放下手，又往前踏了一步，再一步，又一步，然後……啊，又踏到裙子了，蓮娜已經準備好站在她旁邊隨時扶住了。

琳歪著嘴，「琳不要看灰姑娘了啦！」

她坐回去桌前，掃視桌上的書和一疊畫紙，拿起來遞給蓮娜：「琳喜歡這個，要美女與野獸！」

「那個畫的是灰姑娘。」

「琳知道啦！琳要把這個改成美女與野獸，美女與野獸！」

「呃，妳是說喜歡這樣畫的，但是要改成美女與野獸？」

「對，對，還要著色喔。」琳狂點頭。

蓮娜忽地一驚，除了美術課以外，柯特畫圖從來不上色，有看過他美術課作品的人都會嘆息，線稿畫得這麼受歡迎，上色後怎麼會變成……班上沒有一個人願意說好看。

「呃，琳就這樣看好不好？沒有著色也很好看。」蓮娜想再掙扎一下。

「不要啦，琳要有著色的，要有很多很多顏色！」

＊　＊　＊

「要著色？呃呃，這個嘛，蓮娜妳應該告訴她，黑白的世界也是很美好的！」柯特一副受到打擊的樣子。

蓮娜嘆氣，「我當然說了，柯特，爲什麼你不好好地練習著色呢？明明畫得那麼好看。」

「這只是興趣啊，我們是魔法學校，又不是美術學校，我對著色沒興趣啦。我們去找著色很漂亮的同學幫忙吧！」

「可是我們是魔法學校。」蓮娜把柯特說的話拿出來提醒他，因爲這個原因，學校的美術課對學生並不怎麼要求。

「我想接下來我自己想辦法吧，你還是去應付你自己的考試。」

柯特不住嘆氣：「我的不會很難，所以沒差啦，下次要畫畫的時候一定要找我喔！」

＊ ＊ ＊

離開班上，蓮娜先去還借來的書，接著要往琳家去時，在校園裡遇到了珊珊，她看上去心情特別好，蓮娜記得早上起床的時候，她還在苦惱今天要去問誰有看過火舞。

「蓮娜！」珊珊看到蓮娜，舉手招呼，快步跑了過來。

「問到了嗎？」蓮娜這麼猜。

「問到了，妳知道那個很有名的美女畫家香緹吧？她最近又出新的旅遊畫冊了，聽說裡面有幾張火舞的圖，我和舞蹈老師說好了，等書拿到以後，她會幫我編舞。」

「可是妳要怎麼拿到那本書？香緹的畫冊每次都印得很少，只有王都才買得到，難道妳要去王都嗎？」

蓮娜家在王都，她很清楚從學校到王都，搭馬車來回一趟就要半個月。

「當然不是啦，怎麼能把時間浪費在那種事情上，我跟凱莉老師申請了，老師用魔法移動去買比較快啦。」

「不是魔法材料也可以？」

「嘿嘿，我本來也以為不行，還厚臉皮地去拜託老師喔，沒想到老師一下子就說好了。她說就算不是魔法材料，只要是考試需要的東西都可以，所以妳上次借童話書其實也可以直接跟老師申請。」

「那如果需要人也可以請老師把人帶來嗎？」

珊珊覺得蓮娜異想天開了，「應該不行吧，而且妳需要什麼人啊？」

「香緹，請她來幫我畫畫，還可以順便讓她跟妳多說些火舞的事情。」

「就算老師說可以，人家也不一定會答應吧，而且香緹經常到處旅行，很難找到人吧，這樣太麻煩老師了啦。」

蓮娜好像還在考慮的樣子，珊珊覺得這次考試會改變人性，本來不愛麻煩人的蓮娜居然會想這種給人找麻煩的事。

「我現在就去找凱莉老師。」蓮娜說著改變方向，朝教具室去了。

珊珊在後頭喃喃自語，這個考試害人不淺。

＊　＊　＊

凱莉老師聽完蓮娜的請求，想的倒是和珊珊不一樣，蓮娜和香緹都是出自王都的高官貴族，她們可能在一些場合見過面，認識也不是奇怪的事。

她從櫃子裡翻出個東西遞給蓮娜，「妳用這個先和香緹小姐講好，她答應的話，我才能幫妳把她帶來。」

蓮娜點頭接過，這是傳音石，全神貫注將魔法施到石頭裡，想著自己要傳音的對象，不論那人在多遠的地方，都可以和他說話。但是如果不清楚對方到底是誰，只知道名字，那就想不出來，也用不了傳音石。

蓮娜看著傳音石，想了一會，對著傳音石施起了魔法，當石頭發光的時候，蓮娜開始講話了。

「哥，是我，你妹妹現在有困難，三天內我的老師會去找你，你帶著我未來的嫂嫂和老師一起來學校找我，記得帶畫具過來！啊，你可以不用來，未來的嫂嫂來就行了！」

然後蓮娜就把魔法結束掉，把傳音石還給凱莉老師，「老師，請到我家裡找我哥哥就行了。」

凱莉老師在想：看來蓮娜也是那種在家跟家人講話口氣和在學校對同學完全不一樣的。

「可是老師沒有聽到有人說好啊。」凱莉老師肯定剛才只有蓮娜說話，對方沒有回應。

「請老師放心，這樣就可以了，麻煩老師了，謝謝。」

＊　＊　＊

兩天後，一對年輕男女挽著手走在校園裡，引來大家的注目，男的溫和高貴，女的氣質優雅，學生們交頭接耳，紛紛問起那是誰。

凱莉老師走在他們的前面，但是沒有人在意她，她把他們帶到宿舍，蓮娜聽說他們來了，一面訝異老師動作真快，一面把珊珊拉著一起去。

「等一下啦，爲什麼我要去見妳哥哥啊？」珊珊不明所以地被拉著走，蓮娜很少在宿舍裡走這麼快。

雙方在交誼廳碰面時，蓮娜一下子就撲上去，「香緹姊，好久不見了！」

旁邊的男士愛德撇著嘴：「喂喂，我才是妳哥哥好嗎，居然說什麼我可以不用來。」

「因爲這裡是女生宿舍，男生進來不方便，這個理由很充足吧。」蓮娜回應他。

「我又不是沒來過，不過妳都要畢業了，我還沒看過妳的房間，讓我進去一下吧？」

「不行！這裡是女生宿舍，所以叫你不要來了！而且你不要說得好像這是我最後住了一樣，我會繼續唸高等部，會繼續住的！」

「算了，說不過妳。」愛德坐回沙發上，看向珊珊，對香緹說：「我幫妳介紹，那位是珊珊，蓮娜的室友，就是凱莉老師說需要畫冊那位。」

珊珊見過蓮娜的哥哥幾次了，她已經習慣他們每次見面就拌嘴，但是她今天才知道蓮娜也跟她一樣會撲人。

蓮娜把珊珊拉到香緹面前，接著介紹：「這位就是妳說的美女畫家，香緹，是我未來的嫂嫂，妳有火舞的問題都可以盡量問她。」

香緹微笑地伸出手，珊珊從沒想過不但可以親眼看到名人，還能和她握手，一下子紅了臉，不好意思地伸出手去和她相握。

互相介紹過後，香緹拿出畫冊，翻到火舞那幾頁，問珊珊想知道什麼。

香緹和愛德還不知道畢業考改規則的事，愛德是聽到妹妹找他，立刻就找了香緹把畫具準備好，還嫌凱莉老師來得慢。等人來了聽說還要畫冊，他又嫌還要多花去拿畫冊的時間，所以他們兩個也沒把時間花在問老師到底是什麼事上，甚至到了學校，他還要抱怨，怎麼不能直接到宿舍門口。

珊珊一時發愣，說話有些生硬，蓮娜便大概地先從畢業考規則改變開始說起，接著說到珊珊要學火舞，她當褓母的小女孩要看童話。

愛德聽完，又是驚訝，又覺得有趣：「妳們一個要畫具，一個要畫冊，我們還在想是什麼寫生課這麼重要。」

「你妹妹才不會只爲了寫生就麻煩香緹姊呢。」蓮娜抗議。

之後，珊珊去找舞蹈老師約時間，愛德和香緹則跟著蓮娜一起到琳家裡。

琳一看到兩人就歡欣地問蓮娜：「他們是王子和公主嗎？」

蓮娜剛要說不是，香緹搶先回她：「小妹妹，我把童話裡的王子公主都畫成我們的樣子給妳看好不好？」

琳高興地跑跑跳跳，「好啊好啊，琳認識王子公主了！」

蓮娜聽了也覺高興，自己熟的人，幻影起來的形象動作她都很熟悉。

「琳要看白雪公主！」

蓮娜一點也不意外，果然又換了。

「不行，我反對！」

蓮娜瞪著說出這句話的人，所以說，才叫他不要來！

愛德繼續說：「白雪公主裡的王子只出現一下子就沒了，小妹妹妳只想看到我一下下嗎？哥哥很傷心。」

琳一下子慌了，馬上改說：「那，那睡美人，王子還有砍那個那個……就是長滿城堡那個，砍很久。」

「那個一個畫面就砍完了，不要。」

「美人魚？王子很快就出現了！」

愛德摟著香緹，「美人魚的王子和公主沒有在一起，小妹妹妳要看哥哥和姊姊分開嗎？」

琳猛搖頭：「那那，姊姊，還有什麼？」她向蓮娜求助。

「青蛙王子、長髮公主……」蓮娜其實很想說沒有王子公主的童話，不要把他們畫進去就什麼事都沒有，不過琳一定會反對。

「我不要當青蛙，長髮公主那個王子太慘了。」

「還是美女與野獸吧。」要負責畫圖的香緹插入勸說。

愛德才要反對，香緹搶先解釋：「貝兒常常夢到王子，所以你會很常出現，野獸我會畫得很勇猛，一定是你喜歡的！」

「好吧。」愛德口氣勉強地答應，但表情看起來還挺高興的。

搞定了愛德，香緹轉問琳：「這樣可以嗎？」

「好！」琳開心不已，蓮娜在想大概不管香緹說什麼，她都會說好。

香緹就在琳的房間裡畫，琳在一旁邊看邊指揮這裡要黃色，這裡白色……

蓮娜也在一旁邊看邊在心裡演練到時候怎麼幻影出來。

他們每天白天在這裡畫圖，晚上蓮娜到愛德和香緹住的旅館練習幻影表演，過程卻沒有蓮娜以爲的順利。

「香緹姊，貝兒不用每天換一套衣服吧？」

「故事裡說他們在城堡裡過得很奢華，衣服多到穿不完呢。」香緹解釋。

「沒錯，這可是讓妳練習連續變化幻術的好機會。」愛德附和。

「僕人也太多了，故事說僕人是隱形的，不用畫出來。」

「琳她還小，真的看不見她不喜歡嘛，所以要畫半透明的讓她看見。」

「嗯嗯。」愛德點頭。

「哥哥根本不會有這麼冷漠的表情嘛，好難想。」

「呵。」這點不屬於香緹該解釋的。

「要是連這點都不能克服，妳怎麼上高等部啊。」愛德喝著紅茶。

＊　＊　＊

那之後，除了有幾天香緹和珊珊去找舞蹈老師以外，他們每天都在畫圖和練習中度過，蓮娜也直接住在旅館裡。琳滿意美女與野獸的表演後，接著又要白雪公主、美人魚……以至於公佈欄上什麼時候亮起了蓮娜的名字，她自己都不知道。

# Chapter 04

## 幸福寶石

抽到籤的人愈來愈多，畢業班到校的學生就愈來愈少，別人可能覺得還好，但是安妮就是覺得今天人特別少，因為三個班加起來合計總共四個學幻獸的，一個也沒來。

安妮昨天抽到了籤，要抓幻獸，天生就具有神祕魔法能力的動物都被稱為幻獸。安妮和對方見面後，對方拿出自己畫的圖給安妮，說那是「紅寶石獸」，額頭上有一顆紅色的寶石。

幻獸在魔法學校裡比普通的動物還受歡迎，因為有魔法能力，加上大部分聽得懂人話的關係，不只學校養了幾隻供教學用的，養幻獸當助手的老師也有十來個，學生常常看見，喜歡的也就不少，很多學生在初等部時就或買或請人幫忙抓幻獸來養了，所以雖然馴養幻獸是中等部才有的課，但是幻獸基礎介紹和飼養照顧的方法，在初等部時就先教了。

安妮記得當時課本上有紅寶石獸的圖，和她現在拿到的圖，完全不一樣，就連額頭上的紅寶石，都只能說除了都是紅色的以外，形狀、大小比例都差太多了。

可是初等部時的課本，她已經沒留著了。

有同學說：「我不記得了。」

也有同學說：「是嗎？可是我記得紅寶石獸應該就是長這樣沒錯吧，這圖我有印象。」

「可是我記得的比較像安妮說的耶。」

「真奇怪，難道我們的課本不一樣嗎？」

「哪有可能。」

「還是去問老師吧。」

教這一屆畢業班幻獸的老師是二班的導師莫文，今天照舊沒有來學校，凱莉老師先在心裡把他罵了一頓，然後說：「不好意思，安妮同學，老師沒有養幻獸，對這方面不清楚，老師幫妳看一下教一、二年級幻獸的老師現在有沒有課。」

「老師，我已經查過了，一年級今天沒有幻獸課，二年級今天幻獸校外教學。」

凱莉老師心裡讚嘆不愧是好學生，想了一下後說：「妳要不要去找伍迪同學問問看？他現在應該沒事做。」

「二班的伍迪？」

「對，他抽到的籤沒事做，妳去找他，不用擔心會耽誤到他，老師給妳地址。」

「可是老師，如果伍迪同學也不知道……」那畢竟是個留級生，程度怎樣大家都知道。

「放心，伍迪同學什麼都學，他知道的啦。」凱莉老師邊寫地址邊回答。

就因爲什麼都學，所以才什麼都學不好而留級，安妮覺得凱莉老師是故意裝傻。

＊　＊　＊

拿著地址遠遠看到目的地時，安妮驚呼，原來是這裡，全鎮上最大的住宅，只要告訴她是這裡，不用地址她也知道怎麼來。

「凱莉老師大概太忙了，沒有注意到是這裡吧。」

＊　＊　＊

安妮只是來找伍迪而已，她以爲請人通報以後，問到自己想知道的事，她就可以走了。

可是，她現在正坐在豪華的會客室裡，打量著房間的大小，「這個房間比我家全部加起來還大。」她看向伍迪，「我進來真的沒關係嗎？」

「沒有關係，會客室本來就是招待客人的。」

「可是我不是這裡的客人啊，我只是來找你，他們會不會太熱情？」不知道爲什麼她一跟守門人說要找伍迪，那個守門人就眼睛大亮，跑進去通報。等她被請進來時，就有幾個下人女僕上來有的帶路，有的問她要喝什麼茶或果汁，點心要吃什麼。

「我剛來的時候也是這樣，因爲這裡平常不會有小孩來，老爺他非常喜歡小孩，可惜他現在不在，不然一定會來招待妳。」

安妮一驚，開始在想，她應該直接問學幻獸的同學家地址，去找他們才對，現在這樣太尷尬了，「不用啦，又不認識，這樣太不好意思了！那個圖你看怎麼樣？」

伍迪把剛才安妮給他的圖還她，說：「這是之前出的圖畫書『幸福寶石』裡面畫的紅寶石獸，好像是去年出的，現在書店應該還有。」

「圖畫書？」安妮頓覺不妙，「所以紅寶石獸果然還是我記的那樣才對，這個是找不到的，我找真的給他，他可能會不要？」

「看對方吧，說不定還是會要。」

安妮知道這是安慰話，「真是的，誰畫的嘛，創作也不要和真的差這麼多。」

女僕送來了點心，紅茶、餅乾、蛋糕、布丁……「廚房還在做，不夠的話盡量說喔。」

「謝謝。」安妮盡量讓自己的笑容看起來自然一點，她剛開始的時候一直說不用，但是對方每個都當沒聽到，非做不可。

「吃不完可以帶回去沒關係，妳可以分給你們診所的病人。」安妮家裡是開小診所的，所以伍迪這麼建議。

「說得好像這裡是你家一樣。」

「我習慣了。」

安妮拿起一塊餅乾送進嘴裡，伍迪接著說回剛才的話，「其實真的紅寶石獸也不一定是像課本畫的那樣。」

安妮喝了一口茶，「怎麼會，課本不會亂畫的。」

「看過紅寶石獸的人很少，而且每次看到都一下子就逃跑了，所以每個人講的都不太一樣，只有頭上有紅寶石這點是大家說的都一樣的，課本是採用可能性最高的圖。」

安妮拿起布丁，慢慢地舀著，想了一會，「所以，傳說得到那顆紅寶石就會得到幸福，也不一定是真的？」

「嗯，那只是傳說。」

那這個題目跟摘月亮有什麼差別?安妮想到她抽到籤時，上面只寫抓幻獸，當時排隊的同學抗議怎麼可以沒寫是什麼幻獸，萬一是龍怎麼辦，凱莉老師說報名時都有告知哪些是不行的。

紅寶石獸也不知道是學校沒規定不行，還是學校沒想到，應該要反過來規定哪些是可以的才對。

「『傳說』紅寶石獸很好馴服對吧？」安妮自嘲地說，會通過摘月亮的校長，應該說連伍迪這種沒事做的籤都能通過的校長，會通過不知道要去哪裡找的幻獸也不奇怪。

「妳可以去幻獸店問問看有沒有類似的，或是問問老闆有什麼建議。」

＊　＊　＊

離開富宅，安妮先去了趟書店，找到哪本「幸福寶石」，裡面的圖畫得比她拿的這張好很多，不過真的可以看出是同一隻，「伍迪現在還有在看圖畫書啊，連這都知道，其他專學幻獸的同學都不一定會知道，難怪凱莉老師建議找他。」

幻獸店就在魔法學校附近，太陽已經快要下山，安妮趕在天色暗下來之前過來，卻見店門前圍了不少人和幻獸，有些人抱著幻獸，有些人在安撫，還有些人則是在逗弄。這種情景安妮以前有聽說久久會發生一次，但最近好像比較嚴重，從寒假到今天已經三次了：店裡的幻獸在打架，外面是暫時出來避難的幻獸，和附近來幫忙的人。

以前因爲自己不是學幻獸的，所以沒有特別在意，現在想想就奇怪了，因爲店裡的幻獸不是只賣給學魔法的人，所以爲了安全，看外面的幻獸不會亂跑就知道，賣的都是已經馴服好的，照理說應該不會打架的。

安妮邊往店裡走去，邊注意外面的幻獸有沒有和自己的圖像的，可惜，像是有像的，但是果然後面像的，前面一看就毫不相關。

站到店門口往裡面探看，店長正在收拾東倒西歪的櫃子，而旁邊是一個男人抱著和小熊差不多大小的幻獸在安撫。

「莫文老師？」安妮很驚訝，沒想到不去學校的導師會出現在學校附近，平常他們都在說導師們大概都躲去很遠的地方，不敢來了。

被喊的男人轉過頭來，看看安妮，再看看自己強壓著的幻獸，「剛好，安妮同學妳請外面的人來幫牠清洗，妳幫牠治療。」

安妮應聲好，往外頭喊了人進來幫忙，自己則快步走過去，才看清楚這隻幻獸有著像獅子的鬃毛，但體型卻像是熊，米黃色的毛髮上沾染了不少血。

「放心，不是全部都牠的血。」莫文老師說。

可是安妮不能放心，「那另外一隻？」店裡沒看到其他幻獸了。

「在裡頭，那隻自癒能力很好，不用特別治療。」他嘆著氣，看著自己抱的幻獸，「傷沒好還愛打。」

有人幫忙提了水來，店長忙過來接手，「我幫牠洗就好了，麻煩你幫我打掃。」

店長拿了乾淨的布小心地清洗傷口，莫文老師幫忙壓著，安妮則在清洗後，伸手到傷口上要施展魔法，莫文老師提醒：「止血就可以了。」

溫暖的光芒覆蓋在傷口處，血慢慢地止住。牠全身上下到處是牙齒咬或爪子抓的傷，有深有淺，到最後，安妮還能施出魔法已經累到很勉強了，難怪老師說只要止血就好。

＊　＊　＊

裡面打掃得差不多了，外面的幻獸漸漸回來，太陽也下山了，店長說了晚上請大家吃飯，安妮怕回家會太晚，說要先回家，明天會再來。莫文老師本來就奇怪她怎麼這麼晚還在學校附近，就順便問了原因。

聽了安妮的說明，莫文老師心裡唸著：「我才幾天沒關心，校長到底又通過多少奇怪的籤。」嘴上則向安妮說：「我送妳回家吧，妳自己回去太晚了。」

安妮很高興，這樣她路上就可以順便問老師問題。

店長聽到，急忙地說，「等等，莫文老師，那你什麼時候帶牠回去。」他指著那隻米黃色的幻獸。

「我明天一早就過來，你不要這麼急，牠們今天打累了，晚上不會打了。」

「不行啊，你不知道牠們多愛打，一沒注意就打起來，拜託今天就帶走。」

安妮很疑惑，「不能關起來嗎？」

「沒用，另外那隻會穿牆，籠子關不住。」莫文老師幫忙回答。

「咦，就只會打牠？」

「因爲這兩隻有仇，當初送來的人就是趁牠們打架以後，兩隻都受傷，才一起抓起來的。」店長嘆著氣，「那時候沒先弄清楚，不知道是這種情況，看牠們受傷可憐，就買下來照顧，哪知道沒有馴服。後來發現，要當初送來的人收回去，那個人不肯，我才會想說找你們學校老師幫忙先照顧一段時間，等之後有空，我再送牠們回去原本住的地方。」

說到這，他又轉向莫文老師，「拜託了，莫文老師，我剛才有說，牠們不是只有打三次而已，幾乎每天都在找機會打架啊，一沒守住就出事了，你現在就帶回去吧。」

安妮也幫忙勸說：「老師家是不是和去我家不順路，沒關係的，我可以自己回去。」

旁邊有人說：「不然我送這個同學回去好了，老師你帶那隻回去吧。」

莫文老師捏著下巴想了想，在幾人之間看來看去，終於想到什麼似的，說：「對了，安妮同學妳帶牠回去吧，剛好妳可以照顧牠的傷。」

「咦！可是老師，我沒有養過幻獸。」

「上課不是有教過嗎？妳是資優生，應該都還記得吧？」

呃……初等部時教的，現在用不到，已經忘記了。

莫文老師當她默認，又向店長說：「這位同學的能力你剛才也有看到，交給她可以放心的，我有空也會去關心，你看怎麼樣？」

店長沒有多想就同意了，學校老師推薦的人，想來可以信任。

回家的路上配合受傷的幻獸，兩人走得很慢。

「老師爲什麼要交給我照顧？」

「因爲老師家裡養了很多幻獸，再多不好照顧。」

「可是，老師養的不是都是不用人照顧的那種嗎？牠們還可以幫忙照顧牠。」安妮低頭看了幻獸一眼，忽然想到：「老師怕牠們打架嗎？」

「打架應該是不會，只不過，幻獸跟動物一樣，養久了，有人會準備飯給牠們吃，把牠們照顧得好好的，牠們才懶得照顧別人。」

安妮覺得莫文老師的口氣有點哀怨，聽起來是老師把他自己養的幻獸寵壞了。

「你那個考試的委託人幾歲？好哄嗎？」莫文老師看安妮沒回話，轉了個話題。

「他是唸普通學校三年級，應該八、九歲吧，我覺得看起來乖乖的。」

「那應該不難講話吧，他爲什麼會想要紅寶石獸？是看外表可愛，還是傳說得到紅寶石會幸福？」

「主要是因爲傳說，他說因爲爸爸在外地工作，很久才回一次家，他知道有這種幻獸以後，又剛好看外型好像適合養在家裡，他想養一隻，希望爸爸能常回家，他覺得這樣他們家就幸福了。」

「所以他真正的希望是爸爸能常回家，就算不是紅寶石獸也沒關係。」

莫文老師看著跟著他們慢慢走的幻獸，「妳把牠的傷治好以後，帶去給對方看看喜不喜歡。」

安妮大驚，「可是以後不是還要還給店長嗎？」

「到時候要是對方可以接受，店長那邊很好說話。妳也要再去問問對方，換其他的行不行，跟他說都是可以帶來幸福的。」

「老師，那是騙人……」

「不管真的假的，幸福這種事，只要對方覺得幸福就會幸福了。不然的話，妳是女生，應該會做布娃娃，妳就照著圖做一隻，然後請你們班的藍同學給它生命，變成會動的魔法娃娃，去試試看對方會不會接受。」

安妮只有在家政課做過布娃娃，而且這樣做她一點也沒用到魔法，不過那不重要，「老師，藍他很忙，他要做七個魔法人偶，他沒有空。」

「啊？幾個？」

「七個。老師你不知道嗎？同學大家都知道。」

莫文老師不知道安妮是不是故意在提醒他經常不去學校的行為，反正他聽起來有點責怪的意思，他在心裡罵校長到底怎麼審查的，就算是大魔法師，一年也做不出七個來，現在離畢業不滿四個月。這麼一罵，他忽然懂了：「難怪……」溫蒂每天都氣呼呼地在想新理由要和校長理論。

安妮沒有聽到難怪什麼，疑惑地看著他。

「總之，幸福這種事，只要對方覺得幸福就好，妳就朝這方面想吧，不用非要找真的紅寶石獸。」

＊　＊　＊

第二天早上，安妮的爸媽幫她一起給幻獸清洗傷治療口，幻獸趴在地上，安安靜靜地隨他們擺弄。

「妳說這隻獅子熊打架，應該是被欺負吧，妳看牠這麼乖。」安妮的媽媽邊撥毛檢查哪裡還有傷口邊說。

「媽媽，牠不是叫獅子熊，牠叫古蘭貝爾熊。」

「一定有這個別名的，狗長得像獅子不就叫獅子狗？妳說那隻欺負牠的會穿牆，那牠會不會又跑來這裡欺負牠啊？」

「這句話妳從昨天晚上就一直說，放心，我們診所藥味這麼重，動物都不會喜歡，一定不會進來的。」安妮的爸爸這句話也從昨晚到現在說過很多次了。

「幻獸和一般的動物又不一樣。」安妮的媽媽始終不放心。

「差不多吧，只不過會魔法而已，就跟我們女兒和我們的差別一樣，只是會魔法和不會魔法而已。」

「真的是這樣嗎？啊！乖乖，乖。」

古蘭貝爾熊大概是被安妮的媽媽撥毛時不小心碰痛了，回頭凶狠地朝她吼叫。

「明明就很兇。」安妮趁機反駁媽媽覺得牠很乖的話。

「動物被弄痛都是這樣的，隔壁那隻貓也是，不小心踏到牠的尾巴就兇得跟什麼一樣，但是牠平常很乖的。」她說著還要再撥毛檢查，古蘭貝爾熊站起來，走到安妮身後重新趴下。

「牠不讓妳弄了。」安妮的爸爸笑著說。

「等我拿飯給牠吃就會好了。反正也快開門了，我先去準備。」

安妮和爸爸繼續給古蘭貝爾熊療傷，安妮的媽媽去前面診所，過了沒有多久就又回來，「安妮，有同學來找妳。」

「這麼早？」安妮印象中沒有人會這麼早來她家找她。

「不早了，學校都開始上課了，他說去學校找不到妳才來的。」

安妮這才想到之前她因爲要抽籤，每天都很早去學校，本來今天也打算去學校找人借初等部的幻獸課本的，沒注意到已經這麼晚了。

她先安撫了古蘭貝爾熊，才到前頭去，看到來的人是伍迪。

「這是我整理的，有紅寶石獸圖的書，妳可以都找來看看，看哪一種外形比較容易找到像的，這些學校圖書館都有。」

安妮接過字條，上面列著幾本書名和章節，沒想到伍迪會特地整理，連忙說了謝謝，又要請他進來吃點心，但伍迪說還有事先走了。

安妮的媽媽看著那張字條，「要是這些真的都差很多的話，說不定我們去買一顆紅寶石黏在獅子熊頭上也可以。」

「還是差太多，紅寶石獸體型都很小，牠太大了……」

＊　＊　＊

安妮本來想接下來幾天都泡在圖書館看那些書的，一開始她也真的這麼做，但是她翻著幻獸圖鑑，本來應該找紅寶石獸的，卻在看到古蘭貝爾熊時，想說稍微看一下好了，看著看著不自覺就細看起來。

「對，牠喜歡吃蜂蜜和漿果，莫文老師昨天有說，不知道媽媽會不會記得去買。」安妮猶豫了一下，「中午回家看看好了。」

「能力是『張嘴吸氣，最遠可以把十公尺內的東西吸過來，是覓食的重要能力。』這樣會搶到其他動物的食物吧？是因爲這樣打架的嗎？」

安妮忽然想去幻獸店問老闆，就在學校附近而已，也不遠，可是……看看手邊的其他書，「還是，中午的時候先去幻獸店再回家好了。」

「紅寶石獸也喜歡吃漿果，不知道餵蜂蜜給牠會不會吃。」

「真是的，不要想了，專心看！」

安妮快速地翻看完伍迪提供的書上的紅寶石獸，感嘆怎麼其他幻獸每本畫得大同小異，紅寶石獸就每本都認不出來呢，不但毛色不一樣，連寶石都有不是紅色的，還是古蘭貝爾熊好……

又想到那隻熊，安妮看看桌上的書，她還要再從書裡翻找長得像紅寶石獸的其他幻獸，不知道要花多少時間，安妮站起來，決定直接回家，不等中午了。

＊＊＊

回家時，安妮本來不想打擾正在給病人看病的爸爸，但是爸爸注意到她回來，先跟她說了話：「安妮，妳回來了剛好，妳去看一下獅子熊，妳媽去借了紅寶石回來，剛剛才黏好出門。」

「那蜂蜜和漿果買了嗎？」

「她才剛去買。」

安妮有點無力，食物比寶石重要吧，居然先弄寶石。她趕緊回房，一開門就看到古蘭貝爾熊望著她，又用前腳撥撥自己的額頭，好像想要她把寶石拿掉，她就帶牠去洗掉黏膠了。

後來，安妮每天在房裡翻書找和紅寶石獸相像的幻獸，同時隨時注意治療古蘭貝爾熊的傷口。有時候翻到書上熊類的幻獸，她會拿給古蘭貝爾熊看，「這是你的同類，你看過嗎？」或是翻到和古蘭貝爾熊同鄉的幻獸，「這個你認識嗎？和你住在同一個森林的。」

「啊，這個，書上說最愛和你們搶食物的，幻獸店的是不是就是……」

「吼！」

安妮沒有問完，古蘭貝爾熊看著圖生氣了，伸出前腳就要去抓，安妮急忙抽回書，這可是圖書館借的，壞了要加倍還的。

「好好，不要生氣了，什麼都沒看到，沒看到。」

安妮每隔幾天就去圖書館換書，自然地就和圖書管理員聊起來。

「莫文老師會去妳家看幻獸啊，怎麼不問他哪一種最像就好？」

「老師說把我家的幻獸送過去問對方要不要就好了……」

「真是的，人家也不是隨便都要的吧。那你們同學都問過了？」

「都問過了，他們也有介紹幾隻點像的，可是有的很遠，有的初學者馴服不來，我想再多找一些。」

「可是啊，就算妳真的找到像的，妳那個委託人一定會要嗎？」

「我有告訴他可能會不一樣了，他看起來是有點失望，不過還是說只要是紅寶石獸都好，沒關係。」

「可是對方勉強接受，會算通過考試嗎？」

呃，安妮錯愕了，這麼一說，她忽然覺得不會的可能比較高。

＊　＊　＊

問凱莉老師的結果和猜想的一樣，安妮決定先把各種不一樣的圖借去給她的委託人看，接著再想下一步該怎麼做。

＊　＊　＊

書總共有六本，一個人每次最多只能借五本，安妮不想只爲了多一本分次來，這個時候是下午，班上沒抽到籤的去街上拉人，有抽到籤的因爲人少也大都回家了，所以她來到二年級的教室。

「安妮學姊，找我什麼事？」二年級的汀學弟是個和安妮差不多高的清秀男生，他家離安妮家很近，是去給安妮的爸爸看病時認識的。

「你今天放學後有空嗎？我想你幫我忙。」

汀對安妮的請求一向都會排除一切雜事，通通幫忙，所以他就和安妮一起往圖書館去，一路上聽安妮說明她目前的畢業考狀況。

安妮並不是要汀幫忙借多出的那一本，因爲汀是學變身魔法的，所以她要他直接變成最厚最重的那本幻獸百科裡的紅寶石獸模樣，那本就不用借了。

「可是然後呢？他不喜歡就算了，要是喜歡呢？」

「我就說是借來的給他看的，不能給他。」

「不是，我是說，要是喜歡的話，妳找不到一樣的給他，要怎麼解釋？所以我看這樣，學姊妳把有找到像的都給我看，我一隻一隻變給他看，要他選一隻就好了。」

安妮一愣，這麼說也對。

可汀卻又想到不對了，「不對，他反正沒看到圖，不管像不像，只要找小孩可能會喜歡，又容易抓的就好了。」

安妮嘆息，她的這個考試內容簡直就是練習騙人啊，「只好這樣了，那我們去借書找圖吧。」

雖然汀說找小孩會喜歡的就好，但是挑了幾隻後，這也可能喜歡，那也可能喜歡，一本書翻不到一半就挑了十來隻，安妮就決定還是重新把各種紅寶石獸的圖翻出來比對，只找像的。

這一挑下來反而勉強才湊出三隻，這下他們又擔心太少，又重新把剛才那十幾隻再挑兩隻出來。

接下來幾天，汀認真地練習熟記每一隻幻獸的樣子，安妮只是在家裡照顧古蘭貝爾熊，這讓她不禁感嘆到底是誰在考試。

＊　＊　＊

終於等到汀告訴安妮他已經練習好的那天，可是汀信心滿滿地變成第一隻給安妮看時，安妮一眼就看出不對勁，她指著額頭上紅色的地方，「這不像紅寶石，比較像腫了一顆肉瘤。」

「因爲，在變身魔法裡，生物和物質是分屬兩類的，紅寶石獸是生物，可是紅寶石是物質，我還不會同時變成兩種不同類的，這樣就可以了，妳就跟那個小孩說是遠看以爲是紅寶石，其實不是就好了。」

「紅寶石很重要。」安妮覺得連自己知道紅寶石獸可能不是課本上那樣時，都很意外了，如果連紅寶石都不是紅寶石，實在太破壞孩子的夢想了。「就算不是紅寶石，也不要像肉瘤。」

「肉瘤沒有這麼紅的。」汀跑離安妮遠了些，「妳從那邊看過來，像不像紅寶石？還有點反光吧。」

「是有點像，可是人家是要養的，不是要遠遠看的。」安妮想來想去，最終說：「我媽媽有借紅寶石，我去拿。」

＊　＊　＊

安妮的媽媽一聽說要拿紅寶石，很愉快地說她來黏就好。

「不是啦，媽，沒有要黏，只是要放在額頭比給人家看而已，汀要一直變身的，不用黏。」

「借都借了，要好好利用才行，就當給媽媽練習，獅子熊一直都不乖乖讓我黏。」安妮的媽媽說著，也不管安妮反對，拿起紅寶石就去找汀。

借來的寶石有好幾顆，大小不一，汀看了幾眼：「是假的。」

「哦，你居然看得出來啊。這是要黏在獅子熊頭上，如果人家喜歡上獅子熊要帶牠走，寶石就會一起被帶走，當然不能是真的。」

安妮愣住了，本來莫文老師說要是委託人喜歡古蘭貝爾熊，把牠送出去就好的時候，她覺得老師只是隨口說說。可是現在聽媽媽這麼說，她又想到就算不是委託人，遲早也是要還給幻獸店長。看著黏膩地趴在自己身邊的小熊，她忽然心慌了。

「因爲學變身成物質的時候要能掌握住物質成份才變得好，所以我們也有教辨識寶石。」汀說明他能看出寶石真假的原因。

兩人說說笑笑地一起挑著大小適合的寶石，爲了盡量不被看出來是用黏的，黏了好幾次，覺得勉強可以後，安妮的媽媽還要汀把額頭前面的毛髮變長一點，遮住寶石邊邊。

「再變別種樣子給我看看寶石合不合。」總算滿意後，安妮的媽媽急著要看下一個模樣。

「那太難了，總共有五種。」安妮覺得再繼續下去，今天就不用去委託人那裡了。

幻獸大都聽得懂人話，古蘭貝爾熊也不例外，牠走到安妮媽媽旁邊趴下，用前腳拍拍自己的額頭，烏黑的眼珠子直盯著她。

安妮的媽媽大為驚喜，「你要讓我黏嗎？」

古蘭貝爾熊點頭，安妮又是一愣，這是在幫她能快點去辦事。

＊　＊　＊

八歲的男孩薩伊看到紅寶石獸時的反應，是安妮沒想過的，她想過他可能會說差太多，不喜歡，或是感覺和和書上不一樣，或是不夠乖，就是沒想到他會說：「好小隻……」

「可是和書上畫的差不多啊，你看的書裡大小也差不多是這樣。」安妮後悔她沒帶圖畫書來當證據。

「不是的，安妮姊姊，那本書裡面的紅寶石獸給主人幸福的能力不太好，經常只有想要的一半而已，我想一定是因為牠還小，還沒長大，才會這樣，我想要長大的，力量才夠。」

不，那本書應該是要告訴人，不能完全依賴別人，自己也要努力，所以才會只有一半。「不過從小開始養起，你們的感情會比較好。」

「可是要養到長大要好久，我希望紅寶石獸來我家沒多久，爸爸就可以常回家。」

「你想要長多大的？」安妮想問清楚大小再重找幻獸。

「就是長到最大，不會再長的那樣。」可是薩伊當然不知道紅寶石獸會長多大。

安妮心裡暗嘆，只好改說：「那你先看看這幾種你喜歡哪一種。」

汀一隻隻變身，薩伊感嘆：「原來紅寶石獸和貓狗一樣，有這麼多種。」

安妮呵呵一笑，這真是好理由。

「紅寶石獸很少見就有這麼多種，那沒看過的應該更多囉？」薩伊這麼推測。

「這幾種都不喜歡嗎？」不然怎麼還想其他品種。

「牠們都很可愛，可是不知道長大會變怎樣，狗狗不是小時候都很可愛嗎？可是有的長大就變好多，我不要看起來兇兇的。」薩伊說得很認真。

「好，那我再找看起來不兇的給你看看。」安妮只能這麼回。

＊　＊　＊

「這樣也好，可以找的更多了。」走在回家的路上，汀這麼安慰安妮。

「但是你也還不會變太大隻的。」安妮想如果根本沒有紅寶石獸就好了，可以直接告訴他圖畫書是假的，拿書給他找別種。

「沒關係，明年就輪到我考試了，提前練習。」

「要是真的不行，你也可以變小一點，我們告訴他是縮小的樣子就好了。」安妮原先只是要汀變身一次，現在卻一直麻煩他，有些過意不去。

＊　＊　＊

這一次汀還沒有練習好，安妮就收到同學的通知，說薩伊請她去他家。薩伊不知道安妮住在那裡，是由他媽媽到學校請老師幫忙轉達的。

安妮又從薩伊手裡拿到一張圖。

「這是媽媽帶我去看的紅寶石獸，是她去看病時在那間診所看到的。媽媽說這隻紅寶石獸很厲害喔，有時候有紅寶石，有時候沒有，他知道有人都想搶紅寶石，才故意藏起來的，我想要跟這隻一樣的紅寶石獸！」薩伊說明得非常愉快。

安妮一看到圖就知道畫的是什麼，有著像獅子鬃毛的熊，這個鎮上沒有別隻了，連學校和幻獸店都沒有，何況額頭上還有紅寶石。

「可是薩伊，這不是紅寶石獸。」既然遲早要還給幻獸店，安妮情願拖到還，不想現在就把古蘭貝爾熊送走。

「是喔，安妮姊姊妳也不知道。」薩伊很得意，「媽媽有去幻獸店問，說這是非常非常少見的，因爲牠常常把紅寶石藏起來，所以很多人都不知道牠也是紅寶石獸！」

安妮傻了，她快速地回想這段時間看的書，真的想不起來有哪本書這麼寫。

「你媽媽是去問什麼？」

「就是問店裡有沒有，要多少錢買，可是店長說買不到，只能找人去抓，所以還是要麻煩安妮姊姊。」

安妮去幻獸店確認，那家店長雖然不是學馴服幻獸出身的，但對幻獸也是下過苦工，他不太可能會弄錯。

店長說的和薩伊一樣，但是安妮覺得很奇怪，這樣的話，莫文老師當時怎麼沒說呢，他是幻獸老師啊。

「老師也不是什麼都知道的。」店長這麼回她。

她又回家問媽媽。

「咦？都是我黏的吧。」安妮的媽媽很疑惑。

「我知道了，牠自己的寶石從來沒給我們看過，都是妳黏了寶石才會被發現。」安妮的爸爸這樣推測。

「原來如此！」安妮的媽媽立刻跑到古蘭貝爾熊旁邊，「獅子熊變寶石給我們看好不好？」

古蘭貝爾熊站起來走到安妮腳邊趴下，不理她。

＊　＊　＊

古蘭貝爾熊的傷已經好得差不多了，安妮不知道是自己知道牠快被送回去，才一直黏著牠，還是古蘭貝爾熊知道自己快離開了，才一直黏著她，總之她也不想考試的事了，每天只在家裡幫忙，沒必要絕不出門。

直到這天，安妮早上醒來時，沒看到古蘭貝爾熊，叫了幾聲都沒有回應，而後一家三口不只翻了整間房子，附近幾條街也都找遍了，都沒有人說看到。

下午汀放學回家時順路來找安妮，「學姊我有一件事要跟妳說，不知道妳會覺得是好消息還是壞消息……」

「除了找到古蘭貝爾熊，沒有什麼好消息。」

汀也知道安妮是這樣想的，他爲難地說：「學姊妳通過考試了。」

安妮沒有反應過來，她媽媽則是揮揮手說：「你這種安慰話編得太爛了，怎麼可能突然就通過。」

「我剛從薩伊家回來，他們在準備禮物要過來道謝。」汀繼續說。

「牠自己去薩伊家了？」安妮驚愕。

「嗯。」汀只是點頭。

* * *

薩伊一家來道謝的時候，他爸爸也一起來了，說是在外地的工作最近忽然大好起來，一定是紅寶石獸的幫忙，準備把一家人都接過去，安妮盡量讓自己不要露出震驚的樣子，安妮的媽媽則是努力地婉拒他們的各種謝意，不讓他們有機會聊太久，盡快把他們送走，免得安妮忍不住。

「牠真的是紅寶石獸啊。」安妮的媽媽覺得不是這樣的話，獅子熊一去對方家，他爸爸就回來，太湊巧了。

「那也應該先給我們安妮幸福。」安妮的爸爸不認同，「她每天都關在房間裡，不知道哪天才會想開。妳那些剩下的蜂蜜、漿果拿去送給鄰居吧，不要再做點心了，安妮看了會難過。」

「也好。」安妮的媽媽起身去打包。

當她送完回來的時候，「安妮，有同學找妳喔。」

來的人是伍迪，「我聽說了妳那隻熊的事，其實妳不用難過，牠會回來的。」這幾天有些同學來安慰安妮，也說過類似的話，但他們說的是「『說不定』牠以後會回來。」而伍迪卻是很肯定地說牠會回來。

「你怎麼知道？」

「大部分的幻獸都是會認主人的，牠會爲了幫妳自己離開，那就是說牠已經認妳是主人，所以一定會回來的。」看安妮有點相信了，他接著說：「那一家人現在已經住在一起，就算沒有紅寶石獸也沒關係了。」

「可是他爸爸的工作突然好起來，萬一古蘭貝爾熊離開，會不會……」

「不會，那和古蘭貝爾熊沒有關係。」

又是這麼肯定的語氣，安妮又疑問：「你怎麼知道？」

「因爲我們導師最近都沒有來學校。」

啊？「莫文老師本來就很少去學校，我不是問這個。」

「咦，老師本來每天都會去學校附近的，我們三個班導師都是，妳不知道嗎？」

安妮不知道，而且她覺得大家都不知道。她搖頭。

「老師應該是叫他的幻獸去幫忙那個人的爸爸工作，所以才會沒來學校。」

安妮一臉驚訝，伍迪更驚訝，「爲什麼妳好像不知道，老師不是平常都這樣嗎？」

「因爲他不是我的導師，我也沒有上他的幻獸課。」安妮忽然覺得心情非常好，難怪老師說會來關心古蘭貝爾熊卻只匆匆來了幾次，還說他的幻獸沒空照顧古蘭貝爾熊。「我覺得你們班知道的一定也沒幾個，不信你去問問看。」安妮覺得她現在才真的懂當初凱莉老師爲什麼建議她找伍迪幫忙。

「媽，我今天要吃蜂蜜漿果派！」

# Chapter 05

# 寂寞大宅

畢業考開始抽籤到今天剛好滿一個月，伍迪來到鎮上最大的富豪馬歇爾家裡也一個月了。

第一天就抽到籤，卻到現在還是零進展的人，就只有他了。

伍迪好像並不著急，至少在別人看來，他並不著急。

「他都留級了，也不在乎畢不畢業，當然不急。」

說這話的人一點都不在意伍迪就在旁邊，反正伍迪從來不會回應什麼。

上一屆的班導師勸他專心一點，集中選一、兩門魔法學就好，這也是最多人跟他說的話。

但是爸爸告訴他：「管他們的，你喜歡什麼就學什麼，幹嘛一定要立志當什麼最強最厲害的火焰魔導師、聖光魔導師，不用，沒學那麼精，照樣活得好好的！」

這一屆的導師莫文說：「只要學幻獸就是好學生，說喜歡幻獸的很多，但大都是買現成或找人幫忙抓，學到什麼程度都沒關係，他是認真學的就好。」

雖然也有其他老師說有認真學就好，但也就是那簡單一句而已，沒有一個像莫文老師說得這麼白。

以前伍迪也覺得不能畢業就算了，但是自從聽到這句話後，他就很想畢業了，尤其，寒假後新的考試規則，不再像以前那麼重視實力。

所以，他在抽籤當天下午就來到馬歇爾家裡，以後每天早上先到學校看新的抽籤，再到附近繞一圈後，就幾乎整天待在這座大宅裡。

一個月下來，從管家、廚房的廚師、花園的園丁、打掃的女僕，這個家裡的每一個人，幾乎都可以和伍迪稱的上熟了，哦，不只，還有門口守門的狗，花園養的兔子，樹上築巢的鳥，伍迪都能和牠們聊上幾句。

他剛剛就和守門狗牧羊犬小波起了爭執。

「不是，小波亂說話，不是撕票，是去城裡了。」

「是是，小波最會猜了，只不過猜的都不對而已。」

小波生氣了，對著伍迪的手就要咬下去，伍迪眼明手快，忙起身逃開好幾步。

旁邊的守門人撐著下巴嘆氣，「老是自己和狗說得很開心，都不跟我們說到底在講什麼，我和小波一起工作這麼久了，也很想和牠講講話啊。」

伍迪很冤，他剛來那幾天，大家知道他會和動物交談的魔法時，很興奮地把家裡的各種動物找來，雖然伍迪說他只有和狗交談比較會而已，因爲他每種魔法都只有初級程度，狗做爲人類最忠實的朋友，在交談上也是最容易的，可是大家還是興匆匆地要他都試試看沒關係。

結果很慘，伍迪一句話裡只聽得懂幾個詞，說給大家聽時，就是這樣幾個詞不知道在講什麼，連小波那時候也因爲還不熟，不肯跟他講話，所以大家只好失望地相信他真的只會一點點而已。可是後來卻常常看到他和小波聊天，有時也會和花園的兔子講幾句，所以就有了像守門人這樣的誤解。

「沒有，可以講啊，小波他說少爺不是去城裡唸書，是被……」說到這，他剛剛還說小波亂說話，不吉利的話不能隨便亂講，「呃，沒有，就牠亂說，我跟牠說不是。」

「看吧，就是不和我們講。」守門人撐著下巴別過頭去。

「……牠說少爺發生了不好的事，沒去城裡唸書。」

守門人沉默了，這出乎伍迪意料之外，他剛來時管家就告訴他馬歇爾先生的兒子去城裡唸書，很少回來，所以老爺因爲很少看到自己的兒子，有小孩來就特別高興，上次老爺沒遇上安妮，就再三惋惜。

「牠亂講的，你不要在意。」伍迪後悔，果然是連這樣都不應該講的。

「跟管家說一聲吧。」守門人考慮一會後說。

「咦?」伍迪驚住了。

然後不管他覺得有沒有必要，反正守門人把這件事告訴管家了。

「不管牠說什麼，你就照說吧。」管家聽了守門人的報告，一臉沉重。

伍迪還是猶豫，「牠說被人抓走，就沒有再回來……」後面的他不想講。

管家等了一會，問：「沒有了嗎?不管是什麼，你都說沒關係。」

「牠說牠猜一定是被撕票了，才會沒回來。」

管家也沉默了，一會才說：「原來狗也這麼愛幻想。」看伍迪鬆了一口氣，他又接著說：「不過少爺被抓走是真的，之前想說你是不相干的人，不用跟你說，不過現在看來，應該可以請你幫忙找。」

伍迪一陣錯愕。

「我們少爺其實是被老爺的父親帶走了，不過是在夜晚的時候偷偷帶走的，小波一定是看到了才會那樣說。我們派了很多人到處打聽，一直到現在都沒有消息，已經半年了。之前我們只有問人，既然你能和動物交談的話，我想請你也幫忙到處和動物們打聽看看。」

「請問，為什麼知道是被老爺的父親帶走？」十四歲的伍迪已經知道別人的家務事最好不要管，可是要他找的話，他還是想把聽起來怪怪的地方弄清楚。

管家也知道自己的說明不夠清楚，他猶豫了一會，「其實，前幾年夫人的家族和我們在生意上發生了一些衝突，老爺的父親一氣之下，要求老爺和夫人離婚，老爺不肯，一直在想辦法讓兩家和好，夫人夾在兩家之間，壓力也很大，到去年就病倒過世了。後來老爺的父親就更加緊催促老爺把少爺送走，兩人經常起爭執，所以少爺一不見，老爺就立刻問他父親了。」

管家停頓了會，才又繼續說：「他沒有承認，也沒有否認，但老爺說口氣聽起來就是他派人做的，我們到現在也一直派人在老爺的父親住處附近監視，可惜一直沒有查到線索。」

監視自己的父親？伍迪覺得自己被捲進麻煩的事裡了，「請問，您是要我從哪裡做起？」

「少爺是去年暑假快結束時失蹤的，就麻煩你拿這一點問問動物們看能不能得到線索，有什麼需要的請儘管說。」

「可是其實我並沒有很會和動物說話。」伍迪怕對方期望太高。

「我記得你說過，能和小波聊天是因爲熟了，一定要熟才行嗎？」

「我的能力只能這樣，不然，我先去學校問老師看看，再回覆您好嗎？」

「那就麻煩你了。」

＊　＊　＊

伍迪覺得找失蹤孩子這麼重要的事，應該找高手立刻處理，不能拖延，所以他立刻拿了少爺的衣服到學校找教追蹤術的老師。

「伍迪同學，畢業考有限制不能找人直接出手幫忙，我只能提示，教你怎麼做。」

「不是的，老師，我沒有要拿這當畢業考內容，是要請您幫忙盡快找到少爺。」

「考試已經開始一個月了，這是你好不容易才有的機會，我建議你自己找。」

「還有人還沒抽到籤……」比起來，自己已經好很多了。

「唉。」老師嘆氣，接過衣服，「你就是這樣，我是覺得爺爺再怎麼不喜歡，也是自己的孫子，應該不會對他怎麼樣，而且也不是一開始就不喜歡的，所以不用急。」

「老師你先看看。」伍迪指著衣服催促。

老師拿著衣服，對它念了咒語。對物品施展追蹤術，可以找到物品的主人現在在哪裡，但是距離愈遠要愈高深的魔力，伍迪每次可以追蹤的距離大約只有把大操場拉成一直線那樣遠而已。

伍迪一直在旁邊看著，追蹤的目標愈遠花的時間愈多，十分鐘過去，伍迪確定馬歇爾少爺果然不在鎮上；半小時過去，看來城裡也沒有。

快滿一個小時了，伍迪緊張了，但老師也停下來了，他沒有立刻說話，而是像在想什麼，開始翻找辦公桌上的書，伍迪一直看著，然後，一本書遞到自己手上。

「你在這裡看書，我去找其他老師商量。」

看來這件事情很嚴重，伍迪想問，但老師離開前又給了他一句：「專心看書，等我回來。」

伍迪看著書封面，「動物追蹤一百例」，這本書他以前就看過了，現在拿給他看，也不知道是配合當前情況要他複習，還是只是打發他。

伍迪沒有專心，他看著老師招了辦公室裡另一個老師出去，等了一會沒再進來，才打開書看個幾頁，又抬頭看外面人回來了沒。這樣反覆幾次，沒等到人，才終於只翻著書看。

因為是看過的書，伍迪一個小時就翻完了，他在桌上找了一下老師的課表，看到老師還要一個小時才有課，不禁想著老師該不會上課前才會回來準備吧。

後來有個老師進來時，伍迪問他有沒有看到追蹤術老師，他說有看到他進學生宿舍去了。

除非有其他老師剛好也在學生宿舍，否則去那裡找的就只有學生，伍迪猜不懂這個問題怎麼會麻煩到要找學生的。

半個小時後，追蹤術老師回來給了伍迪一張紙，是素描畫。

「那個孩子現在在這個地方，他很安全，過得不差，你到這裡去找他。」

這個圖伍迪一看就知道是一班的柯特畫的，畫上的地方看起來是鄉下，濃密的樹木，綠油油的田，幾排樹木點綴其間，「他在哪一間房子裡？」畫上的房子不只一間。

「這你要自己找。」老師邊說邊開始準備等一下上課要帶的書本，「我建議你帶著那隻狗一起去，路上有必要的話，可以用讀心術。」

「等等，老師，這是哪裡？」伍迪看老師準備好又要走了，急忙發問。

「你要自己找，這是考試。」

說著人已經走遠了，伍迪有點無奈：「怎麼還是考試。」

離開老師辦公室，伍迪也去了趟學生宿舍，問柯特老師有沒有告訴他什麼事。

「沒有，就給我看了個影像，要我照著畫出來，畫完要我畢業考加油就走了。」說完他好像有點不好意思，遲疑了會問：「你這是要做什麼的？」

「我要找一個失蹤的孩子，老師說他在這幅畫上的地方。」

「咦，不是吧，那是怎麼失蹤的？走失？離家出走？還是……被抓走？」

「被抓走。」伍迪覺得柯特的反應有點過大。

「完了！」柯特拿著他畫的那張圖，「我畫得不像。」

「啊！差多少？」伍迪知道柯特爲什麼看起來有點不安了。

「不是啦，有像，只是我總覺得好像有哪裡不太對，那個地方很漂亮，我覺得應該是我沒畫出那種漂亮感，可是又覺得好像不是這個問題。」

伍迪鬆了一口氣，柯特繼續說：「我想老師應該不會知道小孩失蹤去哪卻不管，所以這個地方應該不會很遠，問同學或鎮上的人一定問得到的。對了，你複製一張給我，我再畫一張幫你問。」

伍迪各種魔法都有一點基礎，可以複製一些簡單的東西，像圖這樣可以翻印到紙上，不用完全憑空重造的算是較基礎的。但是這個魔法維持不了多久，所以柯特要拿一張複製的照著再畫一張。

伍迪一邊在柯特給他的空白紙上施魔法一邊說：「你不用特地問，順便就好。」

「我沒事做。」柯特攤手，「我考完第一次試了，可是還有人還沒抽第一次，所以……」

＊　＊　＊

馬歇爾先生看著圖相當生氣，和伍迪一直以來看到的親切印象不一樣。

「老頭子就那麼忍心把自己孫子送去陌生的地方，也不怕出事！」

管家在旁小聲地向伍迪解釋，馬歇爾家族在鄉下有一區別墅，可是圖上的鄉下和他們的別墅附近看起來沒有一點像。那個別墅其實他們也早就找過了，現在又一次確認少爺真的不在他們熟悉的地方，讓老爺的怒火重新挑起來。

等老爺稍微平靜下來，管家提議，「老爺，先請人照著這張畫多描幾張，打探有誰看過這個地方吧。」

「只能先這樣了。」馬歇爾先生嘆氣：「當初就是沒想到可以請魔法學校幫忙。」

因爲家族手下能人眾多，很少有搞不定的事，所以一直沒有向外人求助的習慣。

＊　＊　＊

第一個說看過這張畫的，是小波，伍迪第一個問的動物，他半信半疑，小波從小就養在馬歇爾家了，他去過的地方，馬歇爾家的人一定也去過，怎麼他們都不知道。

「是真的，我看過很像很像的！」小波大大抗議伍迪的不相信。

伍迪在想是不是狗看很多東西都覺得很像。

所以他又去問花園的兔子。

看門狗小波很不滿，牠放棄看門，去威脅兔子，「跟他說我說的是真的，快！」

「不知道。」兔子低頭繼續吃草。

伍迪只能和兔子簡單地交談而已，小波和不同類動物也是一樣，所以頂多只能幫他多翻譯三、四句。他想，兔子就算知道，說的他可能也聽不懂，所以他一面僥倖，一面又去找前院樹上築巢的鳥。

鳥也不知道，但是牠說可以幫忙問朋友，伍迪對鳥最抱期待，因爲牠們在天空飛行，看得遠也飛得遠，狗和兔子通常只在這個鎮上活動，沒看過外面。

但大部分時候，伍迪還是只能帶著小波去外面找其他狗問。

第一天的成果是這樣……

「和畫一樣的地方……是什麼意思？」小小狗問。
「哇！好漂亮，幫我跟主人說我想去。」狐狸狗問。
「喵嗚……」野貓看到人和狗一起靠近就跑了。
「我最遠只飛到鎮外的森林過。」鳥和小波保持距離，遠遠地回答。
第二天的成果……
「你真是沒用的狗，居然讓自己的小主人被抓走！」狼犬驚訝，小波忍耐。
「鄉下啊，我很喜歡去，下次不知道什麼時候可以去。」貴賓狗說。
「哦，以前也有個學生常來找我練習魔法……」野狗愈說愈遠。
「幹嘛看過就要告訴你？」伍迪早就準備了肉，狗吃完後：「啊，我有說我看過嗎？」
第三天……
伍迪一到馬歇爾家，就看到外面有五、六隻狗，來討肉吃的。
伍迪每隻狗分了一小塊，叫小波跟牠們說提供消息才能給更多。
後來，伍迪上街時，可以看到愈來愈多狗非常忙碌的樣子，用魔法聽牠們交談，如果是在幫忙打聽消息的，伍迪會給牠一塊肉。
另外一邊，馬歇爾先生也一一條列以前曾經帶兒子和小波一起去過的地方，再分別派人帶著圖去比對。

＊　＊　＊

一個星期過去，本來以爲應該很快就會打探到消息，結果卻什麼也沒問到，伍迪愈來愈焦急。他回想老師說過要帶小波和用讀心術，小波說牠看過，但說不出是哪裡，馬歇爾先生派的人也都沒有找到類似的。讀心術更是難，要對誰用呢？應該不是每遇到一個人就用，這樣不只他的能力負擔不起，他的讀心術只能探測到他施魔法時對方心裡正在想的事，就算真的遇到和這件事有關的人，也不會剛好在他施魔法時想這件事。

伍迪走在街上翻看著地圖，沒有去過的地方愈來愈遠，他得找出最短路線節省時間。找出來以後，他會用加速魔法，讓自己走路速度和跑步一樣快，路上要是遇到障礙物過不去，他就施法讓自己飄起來。

跟著他的小波當然也要一起飄起來，從來沒有像鳥一樣在天空飛的小波習慣之後，興奮得到處亂飄，前幾次牠還勉強聽話，伍迪下去就不甘願地跟下去，後來就算沒需要飄，牠也纏著伍迪非讓牠飄不可。有時候牠會飄到別人家上面，讓伍迪擔心得直呼喚牠回來，他可不想被人罵偷窺。

這天伍迪叫喊了十來聲，都沒看到小波的影子，反而是有一隻鳥飛過來停在牆上對他說：「牠跑進去房子裡了。」

伍迪一驚，左右看了一下，找到這戶人家的大門，想著再等一下不出來，就要敲門跟這戶人家道歉。結果是人家的門先開了，這也是一棟大戶人家，開門的是他家的守門人，小波跟著一起出來。

「你是馬歇爾家那個魔法學生？」守門人問。

「是的，非常抱歉，狗不小心跑進去你家！」伍迪立刻鞠躬大聲道歉。

「沒關係，小波好久沒來了，我家少爺也很高興哪，自從馬歇爾少爺失蹤，少爺也很久沒和小波一起玩了，有空可以常來。」

原來是認識的，伍迪鬆了一口氣，卻聽小波說：「就是這裡，在這裡看過的。」

伍迪向守門人道謝，急忙把小波帶走。

「你應該不是在說那幅畫的地方吧？」伍迪很無奈地問。

小波很不滿被帶開那間房子這麼遠，「是啦，就是在那裡面看過的！」

「那是一個有很多田的鄉下地方哦，不會在一間房子裡的。」

「真的是啊！」小波汪汪地大聲抗議。

伍迪則照著原先計劃今天要走的路繼續去找其他動物問。

黃昏回馬歇爾家的時候，小波立刻跑去花園找兔子，兔子說：「嗯，那間房子我有去過。」

「快點跟他說裡面有跟那張圖一樣的！」

兔子看了牠一會，「不知道。」

小波又跑到馬歇爾先生的房門外，用前腳撥門，女僕看到，過去跟牠說：「小波，老爺還沒回來……怎麼不太高興的樣子啊？」

小波在大房子跑來跑去，又去書房，又去少爺房間，最後到客廳趴下來，不理伍迪。

「在外面遇到什麼事嗎？」管家走過來問。

伍迪大概地說了一下，卻沒想到管家一臉深思。

「那是艾布特先生家，是老爺以前在生意場上的朋友，他的孩子和少爺一樣大，所以老爺經常帶少爺過去玩。」管家有點猶豫，「和夫人家族的那次生意衝突也有影響到他家，當時他和老爺的父親是站在同一陣線的，所以和老爺也起了爭執，後來就很少往來了。」

管家深吸一口氣，「如果他和老爺的父親同謀也不是沒有可能。」

伍迪不方便說什麼，但他想到讀心術好像有機會用了。

「晚上我會和老爺商量，明天再看有什麼需要你幫忙的。」

＊　＊　＊

馬歇爾先生晚上回來一聽到這個消息，也不管天已經黑了，馬上就要趕去艾布特家，管家一番勸阻，說是突然跑去，沒有證據，就算真的是，對方也不一定會承認，還是先冷靜一晚再來想辦法。

最後好不容易勸下來了，馬歇爾先生卻怎麼也睡不著，還是喝了安神花茶才勉強入睡。

隔天伍迪來的時候，馬歇爾先生問他會不會讀心術，能做到怎樣，這和伍迪想的一樣，他老實說明自己的能力，馬歇爾先生點點頭，「好，那你就和我一起去，你只要跟在我旁邊就好，不必講話，我和他聊當初的事，如果他真的有參與，心裡一定會想，應該能讀到。」

說完伍迪以為立刻就要出發，馬歇爾先生卻說：「我們下午兩點出發，你現在就隨便看要做什麼吧。」

管家鬆了口氣，老爺總算是沒那麼急躁了。

看到管家的表情，伍迪覺得急的人變成自己了，馬歇爾先生和艾布特先生都是忙碌的人，現在去也不一定會在家。

＊　＊　＊

下午到艾布特家時，剛好他家的少爺放學回來，看到馬歇爾先生，驚喜地小跑步上來打招呼：「馬歇爾叔叔，好久不見了！」

他轉看馬歇爾先生旁邊，是小波、兔子和一個不認識的哥哥，便小心翼翼地問：「有達尼的消息了嗎？」

馬歇爾先生搖搖頭，「叔叔想說好久沒來看你了，才特地來一趟的，叔叔還帶牠們一起來了。」

艾布特少爺接過伍迪抱的兔子，說：「小波昨天有來，他還記得我家，好厲害。」說著看向門口，又小小聲問：「爸爸應該很快就會回來了，叔叔你沒關係嗎？」

「沒關係，吵了這麼久，害你擔心了，我們進去吧。」

艾布特少爺歡喜立刻帶他們進去，吩咐女僕準備茶和點心，自己先回房放下書包，去抱出自己的兔子，才再出來客廳放兩隻兔子和小波一起玩。

「你最近還有看到馬歇爾爺爺嗎？」馬歇爾先生問。

「馬歇爾爺爺也很少來了，爸爸都說他很忙，沒有空常來。」他猶豫了一下，「馬歇爾爺爺和叔叔現在都自己做自己的事嗎？」

自從馬歇爾先生當家以後，他父親就比較少管家族生意的事，所以經常到處拜訪朋友。馬歇爾先生心裡感嘆大人的事讓孩子擔心這麼多，「你還小，不用擔心我們的事，爺爺他是到處去玩，很少回來。」

不過馬歇爾先生相信他來艾布特家的次數恐怕比回自己家多次，他甚至想，會讓艾布特少爺覺得很少來說不定是爲了避嫌，如果他們真的共謀藏了他的兒子，那當然不要太常見面，免得不小心說漏嘴被人發現。

伍迪靜靜地在一旁用讀心術看這個十歲的孩子心裡在想什麼，就和他說出來的感覺差不多，擔心自己爸爸回來和馬歐爾先生吵架，想念以前的好朋友達尼，不懂爲什麼連和自己爸爸站同一邊的馬歐爾爺爺也很少來了……

馬歐爾先生要伍迪也對艾布特少爺使用讀心術，當然不是懷疑這個小孩也參與帶走他的孩子，他只是想從他知道的事情中查查會不會有什麼線索。

＊　＊　＊

艾布特先生回來聽到下人秉告的時候很驚訝，進了屋子看到馬歐爾和自己的孩子聊天，他也不想自己態度不好嚇到孩子，只好客氣地問他是不是有事才來。

「沒事不能來嗎？以前我們不是常互相串門子？」馬歐爾先生倒了一杯茶遞給艾布特先生，好像他才是這裡的主人一樣。

艾布特先生接過茶，喝了一口，坐到馬歐爾先生對面，「你想通了？」

艾布特少爺抱著兔子緊張地看著他們。

馬歐爾先生知道他是指要改和他站同一線的事，他還是很想勸他和解，但又怕吵起來，「我們不談這件事，我是爲了達尼的事，我們現在生意各自做了，生意場上認識的人也和以前差得多，你能看在過去的交情上，幫我多方打聽消息嗎？」

艾布特先生有點猶豫，他的兒子滿臉期待地看著他，他只好說，「好吧，都是有孩子的人，我明白你的心情，我會幫你打聽的。」

「謝謝。」馬歇爾先生其實沒真的期望他會做，只是想要提這件事讓伍迪讀他心裡怎麼想而已。

伍迪驚呆了，他讀到艾布特先生的心裡一片空白，什麼都沒有。讀心術對上戒心重，或是知道自己被施讀心術的人時，魔法會遭到抵抗，像他這種只有基礎能力的，很容易會讀不到，但那種感覺應該是像眼前有道門，換了好幾把鑰匙都打不開，而現在卻是，門打開了，裡面空空的。

這個人有魔法保護，伍迪很快得出這個結論。如果真的他有參與帶走馬歇爾少爺的事，而這件事有用到魔法的話……他開始相信小波說畫裡的風景在這個家裡的事了。

離開艾布特家遠了，伍迪開始跟馬歇爾先生說明，他以爲馬歇爾先生會失望，可是沒有。

「那個風景如果真的在艾布特家，那就是說，達尼其實一直離我很近，沒有被送去很遠的地方！」馬歇爾先生抱過兔子，對小波說，「艾布特再怎麼樣也不會對達尼不好，我們很快就會找到你的小主人回來陪你玩了。」

伍迪希望真的是這樣……

＊　＊　＊

當初追蹤術老師花了很久的時間追蹤，伍迪以爲是因爲很遠，現在看來如果說是因爲被別人的魔法影響，也說得通。

柯特說他畫圖時總覺得哪裡怪怪的，如果那個風景是魔法造出來的，漂亮卻有些不真實，所以他覺得奇怪，也說得通。

莫文老師養了一隻不太受歡迎的幻獸，他很少帶來學校，不只學生不歡迎，其他老師也離牠遠遠的。伍迪曾經想養，不過他的能力還馴服不了，他現在要去借那隻幻獸。

其他學生覺得幾乎不可能找到的導師，伍迪在學校周邊繞了一圈，就看到他們三個導師聚在一起喝咖啡。溫蒂老師明顯心情非常不好，大概是又去跟校長理論了，一定是爲了藍七個魔法人偶的事。

聽完了來意，溫蒂老師說：「來借了，不算慢。」

三班的韋凡導師先對莫文說：「去你家給吧，不要帶來學校。」又對伍迪說：「借到以後不要帶來學校啊，還的時候也是，去他家還就好，千萬不要帶來。」

莫文老師瞪了他一眼，那是幻獸的最高境界，他的榮耀，是他那群幻獸裡最寶貝的。牠好動活潑，非常可愛，一遇到可以發揮自己能力的狀況，就會興奮地衝過去立刻施展能力，然後跑到當事人面前討稱讚。

牠的能力是破壞魔法，學生在練習魔法的時候，牠一出現，什麼都沒了。老師在教魔法的時候，牠突然跑過來，示範絕對失敗。所以這些當事人，沒有人想稱讚牠。

牠的名字叫風鈴鼠，開始是因爲牠特別喜歡風鈴的聲音，一聽到就跑過去玩，但是現在叫牠破魔鼠的人多了好幾倍。

伍迪借這隻小鼠是爲了消除艾布特先生的魔法保護，才能讀到他心裡想的事。

事情很順利，他把小鼠被放在口袋裡和馬歇爾先生一起去問有沒有問到什麼消息了，趁聊天時偷偷消除了魔法保護。

艾布特先生嘴上回說：「才過一天，你也太心急了。」而心裡，伍迪讀到的是：「到底要不要告訴他，早就還他了，可是他爸那邊……哎呀，真是麻煩。」

＊　＊　＊

馬歇爾先生聽完伍迪說的，又驚又疑，「你確定他說的是達尼？還我了？」

「是的，我猜想了幾個可能，像是被魔法變成別的東西，或是藏在什麼東西裡？」

「什麼，那樣過了半年還能活嗎！」

「這個……爺爺應該不會害死自己孫子的吧。」

馬歇爾先生稍微消了氣，「要是被我找到，我一定馬上去找老頭子理論！」他深呼吸一口，又問：「那這隻老鼠可以幫忙找嗎？」

「可以的，只是……」伍迪拿著風鈴鼠，小小一隻，放在自己掌心上，「因爲牠很小隻，可以感受到魔法的範圍很小，可是您家很大，所以可能要花很多時間，所以也要請您想想在那之後，艾布特先生給過您什麼東西。」

「這當然，當然！」

回家後，馬歇爾先生立刻開始和管家規劃分派所有人清點家裡物品，不只每個房間裡的所有東西，室外花園的擺設，每一樣都仔細地確認是什麼時候買的還是誰送的。

馬歇爾先生邊規劃邊抱怨房子太大，生意往來朋友太多，記不清楚艾布特給過他什麼。

「有沒有可能不是艾布特先生親自送來的？是請人轉交的？」管家這麼猜。

馬歇爾先生一愣，「說不定我自己還把它轉送給別人……不行，快點！」

「老爺不要急啊，依照伍迪的說法，艾布特先生應該是有猶豫的，說不定再去套幾次話能套到。」

「他都猶豫半年了，哪有那麼容易套，過幾天再說吧。」

＊　＊　＊

「動物追蹤一百例」裡有提到用魔法強化狗的嗅覺，伍迪要風鈴鼠和他一起對小波使用魔法，讓牠可以不受魔法影響，聞到馬歇爾少爺的味道。

「不過家裡應該到處都有少爺的味道，這樣有用嗎？」管家有疑問，「而且如果真的變成東西，這麼久了，會不會味道也沒有了？」

「不管什麼方法都試試看！」馬歇爾先生才不管那些事。

接著伍迪也讓風鈴鼠把能力用在自己身上，好讓自己可以用追蹤術偵查。

最後再三告訴風鈴鼠，一定要忍耐，不要一興奮就順手把自己和小波的魔法給解除了。

然後他們三個就率先行動了。

第一個目標房間是少爺的房間，伍迪要小波去熟悉少爺的味道。

一進房，風鈴鼠就跑到書櫃下面扒著最下層的門想要打開。

伍迪驚訝，忙跑過去幫忙打開，風鈴鼠一下子跑進去，停在一本精裝書前，興奮地回頭看著伍迪，「這本這本！」

「不可能這麼快就找到吧？」伍迪抽出那本書看封面。

「畫冊？」他把書放到書上打開，小波跑過來兩腳扒在桌邊，「這個我以前看過。」

伍迪想：「當然了，是你家的東西嘛。」

翻開看，是跨頁橫幅畫冊，風鈴鼠跑到書邊，「再翻再翻。」

伍迪一頁一頁地翻，風鈴鼠一直在旁邊喊：「再翻。」

然後翻到一頁，伍迪看到圖猛然一驚，風鈴鼠跑到圖中畫的一個人旁邊，伍迪還沒來得及看清楚，才剛覺得那個人好像會動，桌上突然就站了一個男孩。

男孩本來在走路，還沒反應過來，就往桌邊走，伍迪連忙扶住他，讓他好好地下了桌子。

「你是誰？」男孩茫然地左右看看四周的環境，「小波！」

小波正在他的腳邊用頭磨蹭他的腳，男孩蹲下來抱住小波，「小波，我好想你，我回來了，我回來了！」

「汪！」小波搖著尾巴。

伍迪這時可以清楚地看到那張圖，就是柯特畫給他的圖，很逼真的風景畫裡和柯特畫的不同的是，裡面有不少人，種田的、路上推車的、扛貨的……柯特大概以為那是真的人，他只要畫風景就好所以沒畫。

「你是誰？」男孩又問伍迪：「為什麼在我的房間？」

小波跑到伍迪旁邊介紹：「他是伍迪，是新朋友。」

不過男孩不會聽動物話，他只聽到汪。

「我是你爸爸請來找你的，他現在在客廳，你可以去問他。」

男孩聽到爸爸，滿臉欣喜，「對，爸爸，我要找爸爸。」說著就跑出去了。

伍迪拿著那本書和小波、風鈴鼠跟了出去。

＊　＊　＊

馬歇爾先生突然被一個孩子撲到自己懷裡，聽那孩子一直叫爸爸，那是他非常熟悉的聲音。他看看懷裡的孩子，看不到臉，再看看管家，「真的嗎？」

他們才剛向大家分派完清點的工作而已。

男孩抬頭看馬歇爾先生，又叫了一聲：「爸爸，我回來了！我總算回來了！我好想你！」

馬歇爾先生看著半年不見的男孩，也緊緊地回抱他，「爸爸也是，爸爸一直在找你。」

＊　＊　＊

那本書，馬歇爾少爺也很疑惑，他說那是艾布特少爺的，以前有拿給他看過。

「對了，老爺，艾布特少爺在少爺生日那天有拿一本書來，說是雖然少爺不在，還是要送少爺生日禮物。」管家想起有件事。

「對，那時我隨便翻看一下就收到書櫃去了。」馬歇爾先生很懊悔。

「那應該是艾布特先生要他送的吧。」管家猜。

馬歇爾先生摟著他的兒子，「改天我們一起去找爺爺，看他有什麼話說。」

＊　＊　＊

馬歇爾先生覺得兒子這半年在畫裡一定很辛苦，吩咐廚房每天都要準備少爺最喜歡吃的食物好好補回來，可是……

「這個太甜了，畫裡面的嬸嬸作的煎餅比較好吃。」

「我想吃畫裡面的炒山菜，都沒人會做嗎？」

「嗳，伍迪，你們學校有教進入畫裡的魔法嗎？我想轉去魔法學校，等我學會以後要自己去！」

# Chapter 06

## 晚年心願

如果飯不用人煮，有魔法炊具會自己生火、切菜、煮飯，多好。

如果馬車不用馬拉，不必怕馬累，可以一直前進，要去哪就去哪，多好。

對雷莎來說，魔法炊具也好，魔法馬車也好，都是很簡單的事，五、六天就能做完，然後她要繼續去街上鼓吹更多人到學校報名，好讓她趕緊抽到下一張籤，不然這種程度她是畢不了業的。

可是還沒五、六天，她就又去加入鼓吹的隊伍了，不是因為她這次特別厲害，提早完成，而是因為……

「做會自己煮飯的炊具，老太婆煮的飯太難吃了，我都吃到快吐了！」

「做會自己跑的馬車，我要離開這裡，一天都不想看到這臭老頭了！」

「兩個都做可以嗎？」雷莎站得遠遠的，免得被老公公、老婆婆生氣隨便亂丟的東西丟到。

「不行！只能做我的！」兩個人異口同聲反對，又互瞪對方。

「你幹嘛學我說話！」兩個人又說出一樣的話。

老公公轉而面對雷莎，「是我去報名的，妳就做我的就好，她的不算數！」

「妹妹，這臭老頭每次都說話不算話，妳做好他一定又說不要了，不要做他的，做我的就好。」

「誰說話不算話，都是妳這老太婆在挑剔，妹妹，妳做好她一定會說這裡不好，那裡不好的，絕對不能做她的！」

「那個，等你們決定好一個再到學校跟我說！」雷莎說完也不管兩人，就頭也不回地跑了。

第二天，雷莎聽說兩位老夫妻請她過去時，鬆了一口氣，想說原來兩人只是一時吵架不和而已，到的時候，問起決定的是什麼……

「會自己掃地的掃帚！」老公公說。

「會自己提水的水桶！」老婆婆說。

「……」雷莎。

兩夫妻對瞪，「你明明是說要水桶！」

「水桶早就說不要了，最後決定的是掃帚！」

「胡說，臭老頭你記性愈來愈差了！」

「妳才是忘東忘西的，改成掃帚了！」

「是水桶！」

「掃帚！」

「你不要再給妹妹找麻煩了，每次都只會這樣一直煩人！」

「找麻煩的是妳，都說好是掃帚，妳又亂改！妹妹我跟妳說……咦？妹妹呢？」

老公公走到客廳門口往外左看右看，一個人影也沒有。

「你看你，妹妹都被你嚇跑了！」老婆婆抱怨。

「妳不要什麼事都推到我身上！」

第三天……

「會自己搧風的扇子！」老公公說。

「會自己砍柴的斧頭！」老婆婆說。

雷莎不抱希望了，所以她想想反正沒事做，乾脆就繼續去幫忙鼓吹報名吧。

「妳要不要乾脆棄籤啊，反正這樣一直拖著，到七天也還不會輪到妳抽籤，就趁現在先放棄，免得拖太久，真的要多等七天。」和雷莎同組鼓吹的同學這麼建議。

「不行啦，這次不管怎樣都是我會做的，下次重抽要是抽到不會的，搞不好拖更久。」

「可是他們要是這樣一直吵到畢業怎麼辦？重抽就算很難，也還是有機會做出來，他們一直吵下去，妳連什麼時候才能開始做都不知道。」

「妳要祝福我，妳要說『祝妳好運，希望他們早日和好。』，或者是『放心，他們一定很快就會和好的。』才對！」雷莎模擬祝福人的語氣說話。

同組的同學看著雷莎，有點無語，「可是……」

「沒有可是啦！」雷莎不讓她繼續說，「他們一定會和好的，妳放心吧，都已經是老夫妻了，不會一直吵下去的。」

「但是就算沒有吵到畢業，他們的那麼簡單，妳後面還要抽籤的，不夠時間做怎麼辦？」

「我一定會弄出時間的，絕對沒問題！」

「那，祝福妳吧。」

「對嘛，就是要這樣說啊。」雷莎拍同學的肩表示說得好。

＊　＊　＊

「順便問一下，你們知道住南區以前做木工的奧頓老先生嗎？」雷莎鼓吹報名後，接著繼續問。

「常常和老婆吵架那個嗎？」

呃，竟然吵到出名了。「對，請問他們通常一次會吵多久？」

「一次啊？不知道啊，感覺他們每天都在吵架，什麼事都可以吵。」

「呃，謝謝。」雷莎覺得這家問到這就可以了。

離開了這家，同學說：「妳確定真的不要棄籤嗎？」

「妳不要這麼急嘛，才問一家而已，說不定別人會說別的。」

接下來……

「知道，我家在那附近，幸好我白天在這裡工作，不用聽他們吵。」

「每天吵架的老夫妻，好像有聽說過，不知道我知道的和妳問的一不一樣。」

「知道啊，妳問他有什麼事嗎？我勸妳沒事不要去找他們，要是剛好碰上吵架，很倒楣的。」

「妳真的不要棄籤嗎？」同學又問。

「妳是想我棄籤給妳抽嗎？」

「才沒有，妳棄的時候要先跟我講，我等別人抽走再抽！」

之後同學就不再提棄籤的事了。

「那再請問一下，你們知道住南區以前做木工的奧頓夫婦爲什麼常吵架嗎？」雷莎已經知道那對夫妻吵架是常事，所以換了問題。

「啊，夫妻吵架沒什麼吧，又不是只有他們會吵。」

「妳說的我不認識，可是夫妻愛吵架很奇怪嗎，問這做什麼？」

「記得他們以前好像不是這樣的啊，不知道什麼時候開始愈來愈愛吵架。」

這位先生看來年紀不小，雷莎覺得應該比自己爸爸大至少有十歲，她忽然想到，打探了這麼多，看來老公公老婆婆習慣吵架已經很多年了，她應該找年紀大的人問才更有機會問到解決他們吵架的辦法。

* * *

又是一天，老公公老婆婆通知雷莎去找他們的日子，雷莎沒抱期望，但不能不去。

「會在天上飛的毯子！」

雷莎愣了一下，她好像只聽到一種東西，「不好意思，可以重說一次嗎？」

「會在天上飛的毯子！」

兩人又說了一次，這次雷莎確定真的是兩個人一起說得一模一樣，她馬上變得無比開心，要讓東西在天上飛並不是容易的事情，如果真的要做這個的話，做完她只要再抽一次簡單的籤就可以通過考試了。

「沒有問題！請問你們要可以飛到多高，想飛去哪裡？」

「飛多高？有差嗎？」老公公疑問。

「就是，你們是想飛到比房子和樹高就可以，還是要更高？最高可以到和我們學校的高塔差不多高。」

「哇喔，那麼高，摔下來就變成肉餅了。」老公公驚嘆。

「對啊，不用那麼高啦，比我們這裡大部分的房子高就行了。」老婆婆說。

「那要飛去哪裡？」雷莎接著問？

「我們是想要隨時可以去哪裡就去哪裡的，就是和那個阿拉丁故事裡面會飛的毯子一樣的。」老婆婆覺得雷莎好像有弄錯。

那個就算世界上最偉大的魔法師也不知道能不能做出來，雷莎覺得自己好像有麻煩了，「是這樣的，真正的魔法不像故事裡能永遠有效，我想知道你們大概要去多遠的地方，要去多久，才知道要讓魔法維持多久時間。」

「可是我們想要環遊世界啊，不行嗎？」老公公有點失望。

「可以！只是稍微麻煩點。」雷莎大聲地回應，打消老公公的失望，心裡卻唸著果然有大麻煩了。

「我做的魔法飛毯最多可以維持一個月，不過這一個月是從開始用以後算起，所以我可以多做幾條給你們，你們輪流用，只要記得一定要一條用完才能用下一條。」

「這樣可以。」老婆婆放心了。

「那我們怎麼知道什麼時候會用完，會不會飛到一半突然用完，我們就掉下來啊？」老公公有點心驚。

「不會，放心，快要用完的時候它會自己慢慢下降，不會摔下來的。」

「那如果剛好飛在水上呢？」

「對了，飛過海要不要一個月啊？船在大海上都要走好幾個月。」老婆婆也想到問題。

「這個飛毯不能在水上及海上飛……」看到老夫妻倆果然又露出失望的表情，雷莎趕緊接著說，「但是可以在船的上方飛啦，你們可以找船跟著飛。」

「那還要找有船的地方啊……」老婆婆還是有點失望。

「好吧，也沒關係啦，我們都這麼老了，也不要想飛去沒人的地方看啦，萬一回不來就糟了。」

老公公想了理由安慰自己。

「說得也是，好好，就這樣。」老婆婆也接受了。

「那我現在就回去準備。」雷莎總算難得覺得他們兩個不難講話。

「大概多久會好？」老公公問。

「畢業前，可以嗎？」雷莎不知道她到底該做幾條才夠，一開始至少要做個一年份吧。

「可以啊，不急不急。」老婆婆和老公公相視而笑，看來都很滿意。

離開奧頓家，雷莎立刻趕到學校去教具室找凱莉老師申請材料。

「申請這麼多可以嗎？」雷莎覺得一次申請一年份的魔法材料有點誇張。

「量沒有問題，要多少都可以，不過啊，妳要不要過幾天再來申請？」凱莉老師建議。

「為什麼？」

「說不定他們明天又吵架不要了，哦，不對，說不定現在已經吵起來了。」

「老師妳怎麼可以這樣打擊人啦！妳應該要恭喜我，他們終於統一意見了！」

「沒辦法啊，再怎麼說材料也是用錢買的，要申請很多是沒關係，只要有用到都可以，可是借了沒用就浪費了！學校也是什麼都要花錢的。」

＊　＊　＊

第二天，老公公和老婆婆難得看到雷莎主動來找他們，擔心地問是不是做飛毯有問題。

「沒有問題，我是想來再確定你們真的要做飛毯，沒有要改了嗎？」

「沒有沒有，真的要這個。」

老公公和老婆婆都笑著回答她。

＊　＊　＊

雷莎鬆了口氣，心情比昨天好地又去教具室了。

「我覺得才過一天不準，妳再多觀察幾天。」凱莉老師說。

「那老師妳覺得要幾天才夠？拖太久我會不能畢業，他們要做很多。」

「嗯……」凱莉老師考慮了會，「不然三天好了，今天第一天，明天、後天都沒改的話，大後天妳就來申請。」

「好！」

事情很順利，三天過了，兩個老人家還是笑瞇瞇地說沒要改，就是要魔法飛毯。

雷莎覺得剛開始那幾天根本是虛驚一場，只是拖她幾天時間的小插曲而已，還說什麼他們很愛吵架，看來也還好嘛，還好她沒聽同學的建議棄籤。

可是啊，雷莎還是要說，凱莉老師根本就是小氣鬼，守教具室守久了，斤斤計較，只肯給她做一份飛毯的魔法材料，理由還是一樣，說是怕那對老夫妻又說要換，一條一條慢慢來就好。

雷莎哼著小調拿材料回到家，和媽媽打了招呼就要回房去開始做。

「真的要做了？」媽媽的語氣聽來有點不可置信。

「對啊，媽妳怎麼這麼驚訝。」雷莎的媽媽也是學魔法工具的魔法師，她對女兒的態度一直都是鼓勵，現在這個反應跟平常不一樣，讓雷莎覺得奇怪。

「我以為不會做，所以沒有講，其實我覺得做魔法飛毯不好。」

雷莎收回往房間的腳，媽媽是很有經驗的，她的意見雷莎大都很認同。

母女倆坐到椅子上聊。

「妳想想看，他們是老人家，坐在飛毯上旅行，遇上颳風下雨不方便，天氣冷也不好，依媽媽看，不如做個飛行小屋。」

「媽，妳是想自己做吧。」前面說的原因雷莎還認同，但是後面，「飛行屋我應該只做得出空房子。」

「可以的話，我是很想做。」媽媽覺得很遺憾，「你們這個考試不就是希望你們能從中更精進實力嗎？做小間點就行了，裡面該有的東西，媽媽教妳。」

「可是媽，妳每次教到最後都變成妳在做，我還要花更多時間調成符合我的程度。」

「這次一定會節制的，做小屋吧！」媽媽興致勃勃。

雷莎不相信，「媽，這是我的畢業考試，我有問題再問妳就好。」萬一不小心被媽媽插手做了，不只自己要重做，小氣的凱莉老師說不定會說重新申請要收錢。「媽妳可以看我們家還有什麼材料，研究新的工具。」

「剩下的太少了，做不出東西來。」媽媽嘆息，她從魔法學校畢業以後，材料都要自己花錢買，不像以前只要理由足夠就可以向學校申請，所以她愈來愈少做魔法工具了。

「我還是再去問老公公老婆婆他們看怎麼樣。」雷莎說著把材料拿回房收起來，就又出門了。

＊　＊　＊

雷莎到的時候，剛好看到老婆婆要出門，忙邊喊邊跑過去。

「哦，妹妹妳來得剛好，我正要去學校找妳。」

「什麼事啊，婆婆？」

「那個毯子不做了，妹妹，我想來想去，在天上飛太危險了，臭老頭每次都愛亂動，一定會害我掉下去的，我要改做魔法船，要可以出海的那種，我要坐船去世界各地。」

她說「我」，不是「我們」，這是雷莎最關心的，「請問，那老公公也要嗎？」

「他不用啦，做船就好，不好意思啊，妳好像說材料申請要一段時間哦，我就不耽擱妳了，妳快去吧。」

老婆婆說完就回屋去了，雷莎看著她的背影，心裡想，她的時間從來就沒有被申請材料耽擱過，幸好凱莉老師拖了她幾天時間，不然她先做了才聽到不要，真的會哭笑不得。

凱莉老師看著雷莎把早上剛領走的材料拿回來，還打算自己找各材料的櫃子歸定位。

「老師，不好意思，這些用不到了，妳說的是對的。」

「不用急著還，說不定過幾天他們又說要了。」

「不會，他們每次說的都不一樣，沒有重複過。」

雷莎邊說邊把材料一樣樣放回去，凱莉老師也沒有阻止，「那我先幫妳保留，有需要再過來。」

「謝謝老師。」雷莎的口氣很無奈。

雷莎跑到化妝室開水龍頭潑水到臉上，指著鏡子裡的自己，「沒關係，雷莎，雖然現在這樣就跟沒抽到籤一樣，可是妳真的已經抽到籤了，妳比很多人幸運！」

甩乾了水，她又握起拳頭，「沒錯，就算都有抽到籤，妳看隔壁班的天才資優生藍，以前誰會想說他會過不了考試，可是現在就算沒抽到籤的，大家都覺得自己比他幸運！所以，雷莎，妳運氣真的非常好，千萬不可以放棄！」

雷莎趕在鼓吹的分組出發前跑過去再次加入，這次和她同組的換了人。

「連抽到會做的都這麼多問題，我們每天去拜託人家，不知道人家會不會覺得很煩，就隨便亂出題目。」離開學校的途中，同學這麼感嘆。

雷莎一拍同學的肩，「放心，老師說會過濾掉不適合的。」

「不是，我是說萬一內容可以，可是人家其實根本沒想要呢？之前不知道聽誰說一定要是人家真的想要才算通過啊。」

「沒關係，有抽到籤最重要，抽到以後，再去幫他們找出適合有用的就好啦。」

同學沒有回話，又走了好幾步才說：「妳是在說妳自己哦，他們會這樣一直吵，就是因為一直沒有真的想要的東西。」

「沒啊，他們是因為吵來吵去，被另一個罵自己要的東西不好，就換別種了。」

「那不就是因為沒有很想要嗎？如果真的很想，應該不會換吧？」

雷莎有點驚疑地看著她，同學趕緊說：「我是這樣覺得啦，說不定他們不是這樣想的。」

雷莎邊走邊思考，「聽起來很有道理，對，老人家應該都有那種年輕時想做的事一直沒做的，我改問這個好了。」

＊　＊　＊

從第一戶人家出來後，同學疑問，「妳不打聽妳考試那個老公公的事了嗎？」

「這邊離老公公家很遠，認識他的很少，而且這家人很年輕，我感覺因為那個老公公現在沒有在做木工了，所以年輕的不太知道他們以前是怎樣，大部分只聽過他們很愛吵架而已。」雷莎往下一戶繼續走。

「可是我爸爸就有認識的人住城裡，這裡還是同一個鎮，不算很遠，只是認識的可能真的比較少就是了。」

「好吧，妳都這麼說了，妳不會覺得浪費妳的時間就好。」雷莎本要往下一戶走，又轉了回來。

「反正全鎮每戶我們都去過了，沒有什麼浪費的，多聽一些問題，說不定等我抽到籤會有用。」

「大家好像都這麼想。」

「那當然，大家都不想不能畢業啊，嘿嘿。」

今天這個同學是自己跑來說要跟雷莎一組的，雷莎忽然明白，她就是聽說她之前一直在打聽消息，才會想要跟她同組。

接下來的幾天，這兩人與其說在鼓吹居民報名，順便打聽消息，不如反過來說，鼓吹才是順便的。

「年輕時的願望？這我不清楚，不過他以前是木工，應該是會想要當很厲害的木工吧，比如至少要全鎮最厲害……不對，他以前就是全鎮最厲害的了，那全國最厲害好了。」雷莎覺得一下子從全鎮跳到全國也跳太大了。

「不知道他有沒有想蓋什麼特別不一樣的房子？很多做這類工作的人都想和別人不一樣。」雷莎點頭，這要回去問問看。

「有沒有可能是因爲老了做不動木工，心情才變差啊？有些人是很不服老的，以前他那個年代，聽說好像每條街都看得到他設計的房子。」雷莎和同學都覺得這更有可能一定要問，兩人做著筆記。

「奧頓老先生啊，我以前好喜歡吃他老婆煮的飯。」一位二十來歲的商店老闆娘這麼說。

「很好吃嗎？」雷莎順著她的話問。

老闆娘連連點頭，「嗯嗯，非常好吃，以前小時候爸爸去做工時，常常都是他老婆做飯給大家吃的，大家都很喜歡哦，有時候我爸會帶剩的回來給我們吃，好懷念啊。」

「奧頓先生自己反而不喜歡？」雷莎問。

「有嗎？妳怎麼會這樣覺得？」

「是他自己說的，他說很難吃。」

「哼哼，男人都這樣，那是藉口，因爲女人老了就開始嫌東嫌西，以前我爸爸說大家都很羨慕他老婆手藝好，他自己也常炫耀呢。」

老闆娘愈說愈氣，雷莎和同學趕緊說還要去下一家就跑了。

出來外面以後，雷莎握拳，像下定決心一樣，「我也要去吃吃看是不是老公公太挑剔！」

「可是大家喜歡吃的東西都不一樣，就算妳覺得好吃，人家老公公就真的不喜歡，妳也不能說什麼。」同學這幾天也把雷莎的狀況都問得清清楚楚，從第一天開始到現在要求過什麼，她都知道。

「老闆娘說他以前喜歡啊，所以我去試試看，要是真的好吃，就可能真的是藉口。」

「可是現在不喜歡也沒什麼。」同學想了想，『老人家喜歡的東西好像都會變，說不定老婆婆做的也跟以前不一樣了。」

「對！」雷莎拍手，「那更要去吃吃看！」

＊　＊　＊

雷莎回家說起這件事，爸爸的反應是：「啊，怎麼可以隨便跑去別人家吃飯，妳至少要帶點禮物去。」

媽媽則是說：「禮物就是之後雷莎會幫他們做魔法工具，我覺得去吃吃這點子看不錯，像這種情況，常常有可能第一次說的才是最想要的。」

「妳那樣不就是在說人家做的東西真的很難吃。」爸爸覺得不太好，他轉身對著雷莎有點嚴肅地說：「不管是真的難吃，還是奧頓先生挑剔，自動煮飯和自動馬車妳都不能做。妳如果做了自動煮飯，就是在幫奧頓先生批評他老婆做飯難吃，如果做了自動馬車就是幫她老婆出走，知道嗎？」

雷莎一下子愣住，是啊，之前只想說他們愛吵架，不能好好決定，拖延到自己的考試，雖然媽媽常說做魔法工具時要替對方著想，不過她還真沒想過這些。

「要去試吃看看也可以。」爸爸繼續說，「一定要帶禮物去，然後試吃的結果不管怎麼樣，至少在這方面，妳看能不能幫忙勸勸奧頓先生。」

「哎呀，你真是不了解愛吵架的夫妻什麼事都能吵，只挑一件解決不了的。」媽媽不覺得爸爸的說法可行。

「奇怪了，妳怎麼會了解啊？妳覺得我們也很愛吵架嗎？」爸爸有點不滿。

媽媽馬上陪笑，「當然不是囉，可是我跟你說，這種事我們一些女人常聊，很多都是這樣的。」

「就算是這樣，能好一件是一件，總是要讓雷莎的考試能快點開始。」

「好吧，反正現在也沒別的辦法。」媽媽轉對雷莎笑嘻嘻的，「媽媽做個魔法工具給妳帶過去。」

「做什麼啊？我們家的材料夠嗎？」

「不夠，買就有了。爲了女兒的畢業考，錢要捨得花！」

雷莎和爸爸相視一笑，這真的是藉口，主因是她自己想做。

＊　＊　＊

媽媽做了個小小魔法飛行屋，給洋娃娃住的。

「媽，做這個有什麼用啊？」雷莎常常被同學說做的魔法工具派不上用場，但是她覺得媽媽做的才更沒用。

「玩具啊，這可是非常好的玩具，真的可以飛到海外去的。」

「他們那麼老了還會想玩嗎？」

「可以送給孫子！」媽媽無論如何都要幫自己做的東西找出用途來。

「對耶，那媽，妳再多做幾個我們拿去賣，以後就有更多錢可以買魔法材料了。」

「不行！」正要出門工作的爸爸很慶幸自己還沒出門。

媽媽的眼睛正大亮打算附和，現在只能停下來望著他。

「那種玩具要是小孩子跟著跑，跑到不見怎麼辦！」

爸爸的理由讓母女倆馬上閉嘴，雷莎接過小屋趕緊說：「爸、媽，我先走了，不然會來不及吃飯時間，再見！」

雷莎說完就趕緊跑了，爸爸則繼續和媽媽說：「要做魔法工具賺錢是不錯，可是妳也做正常一點的東西，玩具不需要有那麼強的功能。」

「好啦，我知道了，你再不出門會遲到的，快去快去。」媽媽微笑著把爸爸推出去。

＊　＊　＊

聽到雷莎說想吃婆婆煮的飯，老婆婆高興得笑呵呵，老公公則是大大驚嚇，「妹妹，妳不要相信外面的人說的話，老太婆人老不中用了，妳還在發育，吃這個老太婆煮的會長不高的！」

「妹妹不用理他，今天中午妳就留下來吃飯，我特別爲妳煮豐盛一點，妳看要做什麼，自己來啊。」

老婆婆說著走向廚房，老公公忙站起來，對雷莎說：「妳自己在這裡，我去看看。」

然後雷莎聽到廚房裡不時傳來叫罵聲。

「你去玩那個房子玩具啦，什麼都不會，進來擋路的。」

「我不用會什麼，看妳有沒有忘記做什麼就好。」

「上次挖的馬鈴薯你收哪去了？」

「這裡，是今天早上才挖的！」

「鹽！我就知道我沒看妳就會忘記加。」

「那是因爲被你拿去了，我沒看到！」

「妳要是記得就會找了！」

「胡椒粉拿來，你不要什麼都拿去！」

「我就是要拿著，才能提醒妳要放！」

「奶油，奶油……」

「那邊，自己剛才放的。」

這樣的爭執聲一直到雷莎聽到「這些你端出去。」才終於停止，她在想，老公公對做菜什麼時候要放什麼還滿了解的嘛，她爸爸除了煎蛋以外，其他什麼吃的都沒做過，一定不會知道這麼多吧。

十幾盤菜把桌上擠得滿滿的，雷莎驚呼出聲，「太多了。」

「不會，妳還在發育，不要怕吃多。」老公公覺得這年紀的孩子就是該多吃。

老婆婆接著說：「今天沒想到妳要來，沒要鄰居幫我們去市場買肉，只好多煮一些菜，妳快吃吃看喜不喜歡。」

「你們都是請鄰居幫忙買東西啊？」雷莎

邊順口問，邊拿起盤子要幫兩個老人家先盛麵。

「不用不用，我們自己來就好，妳是客人。」老婆婆急忙阻止，接過叉子，幫雷莎盛了一盤。

老公公則回答說：「我們都這麼老了，沒力氣天天走那麼遠，自己菜園種菜吃一吃就好。」

「所以我就說要不用馬的馬車，去哪都方便，你又不要。」老婆婆趁機抱怨。

咦？雷莎記得之前說的理由不是這樣。

「胡說八道，妳明明就是想要馬車離家出走。」

對啊對啊，雷莎也記得是這樣的。

「哼，有馬車可以不用看到你那是最好了！」

所以到底是怎樣？雷莎迷糊了。

＊　＊　＊

在兩老的注視下，雷莎率先吃了一口千層麵。

她本來以為要人在旁邊提提點點的，做出來的東西頂多是還好而已，可是才咬了一口，就驚訝地把麵條快速地一口接一口吸進嘴裡。

老婆婆鬆了一口氣，老公公則是很得意，「看吧，有我在旁邊看，煮出來的才好吃。」

雷莎連連點頭，「嗯嗯，很好吃，謝謝！」

老公公接著說：「妹妹妳看，就是這樣，所以我才說要做會自動煮飯的工具，我哪有工夫每餐都盯著老太婆煮飯。」

「可是魔法炊具做出來的不一定會這麼好吃。」雷莎開始覺得她做過的魔法炊具沒有多好。

「我有吃過別人家的，我知道，反正還過得去，至少比老太婆自己一個人做得好。」老公公說。

「那你都去別人家吃飯好了！」老婆婆生氣了。

不能在吃飯的時候逃走，所以雷莎只好勸和了，「婆婆別生氣，老公也是不想妳勞累嘛。」她只是隨口亂扯的，可是說出來以後，自己卻一驚，好像真的有點這種感覺。

「看在妹妹的面子上，今天不跟你計較，哼！」

兩個老人家自己盛自己的，這一頓飯，兩人不時給雷莎挑這挑那，就是不和對方說話。

飯後，老婆婆去洗碗盤時，老公公拿著小飛行屋問雷莎，「妳說這個要做大很難啊，那飛行馬車怎麼樣？」

管它是馬車還是房子，反正要讓本來不會飛的東西飛起來，對雷莎來說都很難，所以做魔法飛毯最方便了。而且要她做房子，她一定會只做一間小木屋，那馬車也是木造的，所以，「這要看房子要做大做小，小一點的就和馬車差不多。」

「那和做木工很像啊，如果是我自己做一個馬車，妳能讓它飛起來嗎？」

那更難了，雷莎解釋：「我們的魔法工具材料都是本身就有魔法的，做完以後我們還要再施魔法啓動才能發揮效用。」

「那些材料我們不會魔法的人也能用嗎？」

「那會變成跟平常的材料一樣，沒有魔法效果。」

老公忽然有點高興，「那我用那些材料做個馬車，妳讓它飛起來，這樣可以？」

「可以，不過要看材料，有些在中途步驟就要施魔法，不一定都是到最後。」還有太大、太重材料太高級，雷莎都有困難，不過現在她難得有一點點老公很可能做這個的希望，這些她打算等真的發生再想辦法。

「好，那我先設計，好了再給妳看看怎麼樣。」

「好！」雷莎心裡祈禱這次一定不要再改了。

＊　＊　＊

「吵架時說的話很多都不能當真的。」聽完雷莎說今天的事，媽媽想了一會後這麼說，「妳好像之前每次去他們兩個都在？」

雷莎點頭，「對。」

「那妳下次試試看分開問他們到底最想要什麼，如果理由不是像原本說的那麼差的話，就再分別勸他們，看能不能讓他們同意兩種都做。」

「不愧是媽媽，這樣爸爸也不會反對，好啊，我明天就去。」

雷莎之前去的時候，大多是兩人請她過去的所以兩人都在。今天自己過去吃飯也是兩個都在，她不知道要把他們分開會不會很難，兩個都在家的話，就算分開不同房間問，說不定都會怕被聽到而不肯老實講，所以她打算先問附近的鄰居他們平常的作息時間。

第一個鄰居說：「不一定，奧頓老伯常常會出去散步，尤其聽到哪裡有新蓋的房子一定會去看，不過什麼時候出去沒有一定。奧頓伯母的話，沒事常和鄰居閒聊，也是沒有一定什麼時候。」

第二個鄰居說的差不多，所以雷莎決定直接去老公公家碰運氣。

來應門的是老公公，「妹妹啊，今天又來吃飯嗎？等等啊，老太婆去隔壁了，我去叫她。」

雷莎一聽老婆婆不在家，剛好，連忙說，「不是不是，我有些事想問您。」

「哦，是設計圖的事嗎？剛好我正在做，可以先給妳看看。」

「不是……啊，好啊。」雷莎想，依之前打聽的消息，老公公應該是很喜歡設計木工的，邊看他的設計圖邊問，他應該心情會很好，就比較容易問出來。

＊　＊　＊

雷莎今天才知道老公公家裡面這麼大，用來做木工的房間至少有前面客廳四倍大。看到設計圖的時候更是驚訝，她自己做魔法工具也要先畫設計圖，但從來都是自己看得懂就好，不像眼前看到這麼多張，每一個細節都畫得精細整齊，而且還只是草稿。

「真的好厲害，難怪現在還聽有人說想請你設計。」

「只剩下認識的才會這樣說了，老了，老了，設計好自己也做不來了，老太婆說什麼做自己動的工具就好，哼，不是自己親自動手跟叫別人做有什麼差別，我要她做自己煮飯的工具，她還不是不要，就會說我。」

雷莎乾笑兩聲，他們兩人沒在一起還是會抱怨對方，「婆婆煮的飯很多人誇，她很自豪嘛，所以喜歡自己做啊。」

「喜歡也沒用，人老了記性差，她老是忘記加這加那的，提醒她就生氣。」

「婆婆很自豪，結果被說難吃也難怪會生氣。」雷莎盡量讓自己這話說得柔和點。

「難吃是她自己說的，一開始我只不過是問她是不是忘記加什麼而已，她就說嫌難吃不要吃，其實都這年紀了本來就該吃清淡，沒味道我也不是不能忍受。」

「所以你也沒有真的很想要魔法炊具嗎？」

老公公一愣，「不是，還是有最好，有時候她自己煮壞了，我都沒說什麼她就發脾氣了，所以有一個的話，她應該就會少生氣點。」老公公說到這，往外面看了一下，確定沒人後繼續說：「妹妹妳也知道，人老了身體毛病多，太常生氣對身體很不好，我可不希望老太婆太早走。」

雷莎偷偷一笑，原來是這樣啊，「可是，就算用魔法炊具，不是婆婆自己做的，她看了可能還是會亂發脾氣。」

「這個我也是有想過，可是我就看過人家用這個，想說不錯，應該多少會好一點。」

「可以做提醒加調味料的，就像你昨天那樣。」

老公公眼睛一亮，「有這種的？」
雷莎點頭：「有啊，既然可以自動煮飯，當然知道什麼時候該放調味料囉。」
「可是有些菜，老太婆習慣加調味料的時間和別人不一樣，我有時候說錯了，她又會發脾氣。」
「沒關係，這樣就表示婆婆還知道是錯的，有這種情況你們再跟我說，我再調就好。」
老公公樂得直點頭，「好好，那就做這個吧。」他說著看到設計圖，又覺不對，「等一下，還有這個，我再考慮一下要選哪個。」
「可以都做沒有問題！」
老公公覺得有點不好意思，「這樣妳太勉強，考試才報一個。」
「沒有勉強，本來就可以這樣的啦。」雷莎希望多做幾個，之後就可以少抽幾次籤。
「真的可以？」老公公確認地再問一次。
「真的，考試內容就是滿足你們的願望，要幾個都可以。」
「不會來不及嗎？」
「沒問題，離畢業時間還很久！」如果真的從現在做到畢業，只要都可以做出來，那也不用再抽籤了，一定會通過考試。
「那除了這個，再做掃帚和扇子可以嗎？」
「可以，不過是爲什麼要的？」

老公又望了一眼外面，「妳也看到了，這裡這麼大，每次都要掃很久，可是老太婆老是說甚麼我做木工都腰痠背痛了，給我掃不可能乾淨，硬要搶去掃，她自己還不是老骨頭，掃完老是在捶腰。」

所以這也是在關心老婆婆的意思，雷莎這樣判斷，「那扇子是？」

「因為廚房燒火很熱，老太婆都這麼老了，要是熱到中暑還要我照顧她，太麻煩了。」

一樣是關心的意思，雷莎笑著說：「好，那我再幫你做可以輕鬆砍的斧頭、鋸子等等的工具好嗎？」

老公又是一愣，眼神有點飄移，「可……可以那樣嗎？」

「可以哦，這樣你想做的木工都還是可以自己做哦。」

老公沉默了，一會才問：「妳問過老太婆了？」

「嘿嘿，沒有，我自己猜的，本來想問，可是我應該猜對了吧？老公公你想做的東西都是為了老婆婆，那反過來老婆婆想做的應該也是為了你吧。」

老公又看了外面，「對啦，不要跟老太婆講。」

「那馬車是為什麼？」雷莎問，雖然有飛行屋，好像不用馬車了，但是她還是想確定一下。

老公公嘆氣，「以前我們年輕時常常說等退休以後，要一起出去看看世界各地的房子，結果現在退休卻已經沒有力氣駕駛馬車了，那個妳不用管了，有飛行屋就好了。」

「所以魔法船也是一樣的意思？」雷莎考慮了會，「都做好了，天上地上水上各一個。」

「妹妹，妳真的不會太勉強嗎？」

「不會，放心吧，我媽媽也會做，我們一起肯定沒問題！」

老公公看她自信的樣子，也不知道是逞強還是真的，但還是決定先配合她，「那，還有水桶，因為老太婆嫌我挑水太慢，來不及給她煮飯。」老公公沒注視看雷莎，語氣有點心虛。

「對，忘了還有這個，就是說婆婆擔心你挑水太累。」

「哎，妳這個妹妹，我還是去叫老太婆回來，今天也留下來一起吃吧。」

後來，雷莎一直做奧頓家的工具做到畢業前幾天。她面對的難題，從兩個老人家的吵架，變成是媽媽教她時常常不自覺直接動手做好，多花時間不說，還浪費了很多魔法材料，她不好意思一直跟凱莉老師申請，爸爸只好出錢給她自己買，除非鎮上買不到或是太貴買不起，才跟凱莉老師「借」。

所以，看到公佈欄上自己的名字亮了以後，雷莎決定上高等部之前的暑假，她要努力做魔法玩具去賣來還錢。

Chapter 07

# 現採鮮花

隨著通過考試的學生愈來愈多，居民們報名的意願也愈來愈高了，雖然內容大都是簡單的小事，但是能抽到籤最重要。還沒全抽到籤時，這麼想的人很多，但是一再抽到簡單的籤，大家的緊張意識就又提升了，比如像史恩，他已經通過五次小考試了，五次都和他主修的魔法沒關係，那些還都只用到最基本的初學程度，連初等部都會的共通課程。

有人抗議這麼簡單的籤應該過濾掉，凱莉老師還沒說話，就有人反對，「不行，過濾掉就抽不到籤了，我要積少成多，老師不要過濾！」

而另一頭有人在談這種事……

「蓮娜，我們班有人提議畢業典禮完後，我們三班一起辦同學會，妳覺得怎麼樣？可以幫忙跟你們班同學問看看嗎？」

史恩很頭大，還有很多人在考試就講這個，太不給面子了。

「聽起來不錯。」

蓮娜這個回答讓史恩覺得這些運氣好、早通過的同學沒良心。

「可是同學會等畢業典禮前兩三天再開始準備還來得及，至少要等大家都通過考試，或是確定都沒問題，再開始準備比較好。」

史恩改在心裡說：蓮娜不愧是和天才同班的一班班長。

「一定全部都會通過的，現在籤那麼多，我們班的伍迪都通過了，現在就可以開始計劃了。」

聽到伍迪，史恩更覺得自己的籤運超差。

「可是我們班的藍到現在問題還很大，所以我現在要去找人幫他。」

「又不能直接幫他做，怎麼幫啊？」

「看能幫什麼就幫，藍是我們班很重要的弟弟，他如果不能畢業，我們也沒有心情辦同學會，你也幫我問你們班通過的同學誰能幫忙。」

史恩覺得自己的籤運也還不算差，至少他還可以積少成多。

＊　＊　＊

史恩今天抽到的籤是綠水甜點店的服務生，他猜大概是要用魔法把餐點飄送到客人桌上，之前有其他同學抽過類似的，這讓他有一點小高興，這不算很難，但至少比前五個難。

服務生要負責送甜點和飲料到客人桌上，他稍微演練了一下飄浮東西的魔法，那不是他的專長，甜點還好，但飲料要控制在飄的過程不能搖晃出來，他想他得告訴店家他要先練習幾天。

事情就和他想的一樣，店方也很乾脆地同意他的請求，看來都知道來的學生很難立刻符合需求。

接著他打算留下來觀察到黃昏才回宿舍，之前抽到服務生的同學有一個抽到的是鎮上生意最好的餐廳，一個人頂三個普通服務生，到現在還在那裡做，老師說如果每天都客滿，大約做一個月就能通過考試。

甜點店通常下午茶時間生意最好，史恩要先弄清楚這家店那時間會有多少客人，才知道要練習到什麼程度。他猜應該不會大排長龍，因爲這家店只有老闆和他兒子兩人，小小的一間，如果生意有那麼好，早就另外請人了。

兩點的時候，有個史恩本以爲是客人的人，走進廚房就沒再出來了。

「他是我們廚房的助手，我們每天大約三點以後客人會開始多起來，所以他這個時間來工作。」店長的兒子拉蒙跟史恩解釋。

快三點的時候，有一個人進入店裡後，換了服務生的衣服出來。

史恩一面高興，一面覺得自己真傻，當然是客人多的時間請人就好了。

客人漸漸從三三兩兩變成排隊了，拉蒙負責外帶和偶爾的外送，那位服務生則主要招呼內用的客人。史恩開始覺得自己很佔位置，他跟拉蒙說要走了，就換到外面去看客人最多會有多少，一直看到黃昏，才滿意地回宿舍。

＊　＊　＊

「服務生的籤不好。」史恩的室友羅杰聽完以後發表自己的意見。

「爲什麼，梅菲就做得很順利啊？」梅菲是一班的，抽到鎮上生意最好的餐廳服務生的同學。「我也沒妄想能像她那間生意那麼好，不過至少這次燈一定會亮更多。」

羅杰解釋他的想法，「不管生意好不好，問題是因為你現在剛開始，還要練習所以覺得不錯，可是過幾天等練習好回來就沒事做了！應該要開放可以同時抽兩張，利用時間做其他的啊！」

史恩的好心情減少了一點……

「他們有說做到什麼時候？」

「沒有。」

「那是有要辦什麼活動才缺人手，還是就生意好缺人手？」

「生意不錯。」

「有大排長龍嗎？會排到買不到？」

史恩搖頭，「沒有那麼誇張，就是普通的排到店門外一點而已。」

「那就更糟了啊！辦活動的話，至少等活動完就可以抽其他籤。這種的，萬一他們覺得你免費好用就不請正式的，要你做到畢業都還沒通過怎麼辦！而且點心店只有下午三、四點忙而已。我覺得抽到要用魔法移動物品的，至少要像蓮娜之前那樣煮飯做菜才有難度！」

史恩的好心情徹底消失了，「應該不會這樣吧？不然我們明天去問老師，之前是因為籤不夠所以不能抽兩張，現在籤多了，說不定可以。」

「不行。」羅杰抱怨，「今天就是有一個抽到服務生的問了，凱莉老師說做事要專心，一定要一個一個來。」

難怪史恩覺得他一開始的口氣就有點哀嘆，「那反正我還是先練習再說，不一定會那麼糟。」

說完，他立刻對著早已準備好的水杯唸起咒文，水杯緩緩地飄浮起來。

隔天，史恩到教室去請其他同學幫甜點店拉客人，希望拉到愈多人，能愈早通過這次考試。然後他又加快腳步趕回宿舍，向餐廳借各種水杯、大小不一的碗和托盤，餐廳的阿姨也幫著向他解說甜點店可能的各種搭配，例如數杯飲料同時在一個托盤上，用手調平衡就不簡單了，用不熟練的魔法更要注意。

她說的比史恩想的多，本來想拚命練個三、四天，應該就可以到店裡去邊做邊繼續進步，可是這樣聽下來，他覺得不練習個一星期就太隨便了。

快中午的時候，其他住宿生陸陸續續來吃飯，阿姨要史恩趁機練習，大家都懂，會配合的。

史恩覺得才剛練習就立刻上陣太倉促，但是阿姨提醒他，離畢業只剩下一個多月，鎮上生意最好的餐廳都要做一個月才能通過考試，以他描述的那間點心店生意來算，現在剩下的時間絕對不夠，不這樣練習不行。沒有細算過的史恩一下子慌了，整個中午戰戰兢兢的。也許因爲太緊張，本來就不熟練，現在做得更是比預期差。

下午阿姨要他出去走走，放鬆心情再回來繼續練。

晚餐到宿舍餐廳吃飯的學生比中午多更多，雖然最後收拾時阿姨告訴史恩有比中午進步很多，但他一點也不覺得。

＊＊＊

第四天晚上，阿姨告訴史恩隔天就可以甜點店試試看，史恩嚇得直搖頭，他到現在還手忙腳亂的。

「阿姨去那個店看過了，店面比我們餐廳小很多，你沒問題的，要有信心，不要太緊張。」

「唔，這樣說好像也對。」

「不是好像，真的真的，明天就去吧，阿姨給你加油！」

而後，就如餐廳阿姨所說，甜點店的送餐、收拾餐具並不難，雖然經常滿座，但是區區十小桌，和可以容納五百人的宿舍餐廳根本不能比。

很快，一個星期過去了，史恩不知道他請同學宣傳有沒有真的幫忙增加客人，不過倒是聽到有些客人是因爲想看魔法送餐來的，他聽了高興，也就做得更愉快。

這天史恩要回宿舍餐廳吃晚餐時，室友羅杰跑過來拉了他往另一方向走，「等等，你來一下。」

「什麼啊，要去哪裡？我要先吃飯。」

「等吃完教室那邊都暗了。」羅杰一點都沒有要停下來的意思。

「現在去教室幹嘛啊，會不會太晚回來啊？萬一餐廳關了，就要出去吃了。」

「到了你就知道，晚餐一點都不重要。」

「你就先說是什麼事啊。」史恩想掙脫，又不敢太大力。

「用看的比較清楚！」羅杰加快腳步，更用力拉著史恩走。

兩人來到的地方，是中等部走廊的公佈欄前，羅杰指著史恩的名字：「你看。」

史恩順著他的手指看過去，「是看我嗎？還是旁邊的？有怎樣嗎？」

「你看不出來嗎？你的名字亮度和上次通過考試時一樣沒變。」

「當然啊，我這次又還沒通過，要等通過才會再更亮，你沒問題吧？」

「不是！」羅杰覺得這傢伙才有問題，他又在公佈欄上看來看去。

「你找誰？」史恩問。

「梅菲。」羅杰回答，眼睛還是繼續找。

史恩覺得羅杰真的有問題了，「梅菲還沒……」

「找到了！」羅杰指著的名字，就是梅菲。

史恩睜大了眼睛，梅菲的名字亮度還沒到完全通過的程度，但也很接近了，「她怎麼亮了？她之前不是沒有其他考試嗎？」

「對，服務生是她唯一的籤。」他看著依然不懂的史恩，「老師不是說梅菲那間餐廳如果每天生意都很好，可能一個月就能通過考試？」

史恩點頭。

「問題是，人家店家又沒說要她做多久，只是跟她說請到人之前都要她幫忙，萬一到畢業都沒請到人呢？」

「因爲對方這個工作，主要是她要每天都做好，沒有明確要一個最終目標，所以是看每天做的量累積。」這點史恩還是清楚的，「所以？」

「所以，這邊的亮度也是慢慢加亮啊，不然怎麼知道自己還差多少，你都沒有在注意別人！」

「我只看誰完全通過了……」

其實大部分人都沒有心思去關心每個同學的亮度，羅杰也是，他只是剛好之前有段時間沒籤，就閒著去觀察比較多重覆的籤，預先爲自己可能也會抽到做準備，才會湊巧發現。

史恩注視著自己的名字，「可能才做一個星期還不明顯吧，不能和梅菲比。」

「一個星期很久了，不然你覺得要多久？這樣還看不出來，不就那個工作對你來說太簡單，要累積一個月才能更亮，那很糟啊。」

史恩很心慌，他強迫自己鎮定，「不可能，之前的更簡單，都不用練習也不用一星期就做完了。」所以到現在他的名字亮度還不到最亮的一半，「會不會你記錯？說不定有多亮一點點了？」

「沒有，我每天都看。」

「啊！就是每天都看，所以才更看不出來！」史恩強迫給自己一個安心的理由。

「你不要逃避，這是畢業考，不能這麼隨便！不然我們再問其他同學。」

「誰會記得別人沒全亮的到底是多亮啊？還是問老師比較實在。」

「現在老師已經下班了，這種事不能拖，等一下回宿舍就問同學。」

「那也是要他們來看啊！現在都晚了，這樣不好。」

羅杰撇著嘴，「都是你太晚回來。」

「那邊就工作到現在啊！」

＊　＊　＊

他們趕到餐廳吃飯時，已經沒剩多少菜可以點，不過史恩現在也不在意了。

餐廳裡還有少數同學，羅杰忍不住還是找有人的同桌問意見。

「我只看全通過的和新亮的而已，沒注意過，你真的確定服務生是逐漸亮的？」

「我連自己的都搞不清楚，我都是每次通過就找幾個跟我差不多亮的，記下來比對。」附近的聽到也轉過頭來湊熱鬧。

「上次也有人通過一次簡單的，說看不出來有比較亮，可是老師說有，所以你不要著急。」旁邊有人經過順便這麼回。

「呃，不好意思，我只是猜猜看，會不會是對方……不滿意？」有個本來都沒說話的同學，忽然小心翼翼地這樣說。

「可是老闆他們看起來沒有不滿意，客人也都很喜歡。」史恩想不出有這種可能。

「我只是猜猜看，因爲大部分別種籤的問題都是這樣，要一直做到對方滿意。」

「我覺得這個有可能。」另一個同學乾脆把自己的餐點換過來這桌，「不是說你做得不好，有時候不是有人會自己要人家做什麼都說不清楚嗎？」

旁邊有人點頭。

「可能他們不是單純地只要服務生，我覺得你再問問看，他們說不清楚也沒關係，反正就問嘛，回來大家一起討論啊。」

隔天史恩等凱莉老師主持完抽籤後，就立刻上前問她這個狀況。

「不錯嘛，居然有注意到是逐漸加亮的。」凱莉老師一邊收拾桌上的東西一邊說。

史恩才不關心這個，他只盼著她趕快繼續說。

「就這幾天登記的，你的名字的確是沒有加亮。這有幾個可能，一種是你做的對方不滿意，一種是他們沒說清楚，還有一種是他們其實不需要你。」

「不需要？」

「有可能他們報名的時候需要，後來不用了，可是不好意思講。」

史恩一愣，「如果是這樣的話，那這次考試？」

「你要自己找出他們有什麼需要，不然就棄籤。」

現在已經只剩下一個多月，棄籤再少七天還得了，「可是老師，如果是這樣，那是他們的問題。」就算考試規定只要報名，無論任何原因都要幫忙，他還是要抗議。

「不一定哦，他們報名隔天籤就被你抽了，可是你是過幾天才去做的吧？如果他們主動說不要你，你就會扣分，有可能是這樣他們才不好意思講。如果你不介意扣分的話，可以請他們把你退掉。」

畢業考的分數影響的是高等部入學考，他學的時間魔法是要學到愈高等才愈有使用機會的，不上高等部可以說幾乎等於沒學。

史恩沉默了好一會才說：「我再確認到底是什麼情況看看。」

＊　＊　＊

綠水甜點店的拉蒙眨著眼睛聽完史恩的問題，「那個公佈欄這麼厲害，真想去看看。」

那一點都不重要，史恩只想快點聽到他要的答案。

「既然這樣只好老實說了，我個人是覺得你做得不錯，也幫我們吸引到一些生意，不過……」拉蒙聳了聳肩，「其實因爲附近有個老先生拜託鄰居大家幫幫你們這些學生的忙，所以老爸才去報名的，我們沒有需要。」

史恩只覺腦袋中轟然一響，他的練習原來竟是白費心力。

「沒想到這樣居然會不行，浪費了你的時間真是抱歉。」拉蒙猶豫著，「可是好像說不管什麼原因退掉考試，你都會被扣分？」

「嗯。」史恩不想多說話了，反正這個考試規定就是沒人性。

「那，呃……」拉蒙也不知道該怎麼辦，當時就跟老爸說不要意氣用事，隨便報名，「如果你有什麼想法的話，再跟我們說好了，我們盡量幫你，你今天就休息吧。」

＊　＊　＊

史恩回了宿舍，躺在床上翻來覆去什麼事也不想做。

畢業考一扣分，高等部入學考就要考滿分才能通過，他主修時間魔法，副修天氣魔法，兩種成績雖然都不錯，但就是不錯而已，滿分從來和他沒緣分過，所以他絕對不能被退掉，可是自己放棄要等七天，又不知道下次會抽到什麼籤，簡直畢業無望。

傍晚羅杰回宿舍看到史恩躺在床上，很疑惑過去看，史恩眼睛是睜開的，沒在睡，問他怎麼回事，史恩才勉強爬起來說明。

「至少及早發現，還有時間想辦法。」羅杰聽完後這麼說。

「也對，幸好你有發現，謝謝。」史恩回得有氣無力。

「你別這樣啊，你看伍迪開始不也沒事做嗎?你就當做是一樣的。」

「可是他一開始就抽到了，我現在只剩下一個多月。」

羅杰撐著下巴努力地回想各個同學的狀況，阿爾是小孩子亂報名，情況有點類似，不過那也是一開始就抽到，說了沒用。

想來想去，羅杰也覺得煩了，「他們都過那麼久才有事，是他們倒楣，你又不一定會跟他們一樣，再去問問看，那個點心店他們家裡還有別人嗎?說不定有人需要，親戚也可以啊，有小孩子最好了，小孩子都喜歡看魔法。」

「明天再說吧，今天沒心情了。」史恩又躺回床上去了。

「喂，我說你，有沒有吃晚餐啊？」羅杰覺得一定沒有，但史恩不回應了。

隔天史恩很早就到甜點店，拉蒙像是故意的，一見到他就搶先說：「你來啦，昨天你沒做，很多來看魔法的客人都很失望呢。」

「你說那些幹嘛，我們店不用靠那些花招吸引客人。」

這突然的不耐煩話語讓史恩嚇了一跳，說話的是這家店的店長葛東，他從廚房走出來，戴著廚師帽，穿著圍裙，坐到櫃台邊一臉不悅。

史恩從來這家店開始一直都是拉蒙在招呼他，和店長只有打過幾次招呼沒說過什麼話，但以前看他一直以爲是個和氣的人。

「小子，既然你都知道了，老實跟你說。沒錯！我去報名只是因爲被強迫，完全不是自願的！」

「老爸，那不算強迫。」拉蒙想要阻止自己老爸繼續說下去。

「閉嘴！那老頭整天來哭訴不幫忙就是沒良心，不是強迫是什麼！」

「他沒那樣說，他是說……」

「煩死了！反正小子，我是不會把你退掉，免得你被扣分說是我害的，你想要通過考試的話，我店裡工作很多，從一大早去市場補貨，回來處理食材，洗碗清潔，看你做什麼燈會亮隨便你做。」

「老爸，問題不是這樣的！」

「囉嗦！我被人威脅，還要幫人想辦法，哪有這種好事。小子，愛做不做隨你！」

店長說完就又回廚房去了，拉蒙一臉尷尬忙著向史恩解釋：「沒有強迫威脅啦，那個老先生只是比你們同學還多熱情一點而已，是我老爸不知道哪根筋不對，突然想報名，你不要聽他說的啊。」頓了一下，他又說：「我想一下，你還太小，去市場補貨太操，要不要試試看幫忙外送？你對這附近熟嗎？」

「不太熟，不過這沒有問題，我可以用魔法加快速度，不會耽誤到時間。」

甜點店的外送並不多，史恩還是做服務生為主，但他改了送餐的魔法，原本的飄浮是屬於全校每個學生都會的共通課程，現在他改用他主修的時間魔法，雖然有點像無謂的掙扎，不過他在妄想說不定用自己的主修，燈可以加一點亮度。

拉蒙看著剛從廚房送出來的餐點，下一秒鐘就直接變到客人桌上，眼睛睜得很亮，「哦！所以等一下如果有外送，也是這樣就直接送去了嗎？」

史恩尷尬了，「呃，不是，因爲不確定在哪裡，還是要自己去。」

拉蒙點點頭，「嗯嗯，那多去幾次，熟了就可以這樣送了？」

「沒，太遠了，我還不行。」

＊　＊　＊

第一次外送回來的時候，拉蒙雖然知道會比平常快了，但是還是吃了一驚，「這麼快，已經送到了？」

史恩遞過簽收的單子，「是啊，這是單子，您看一下。」

拉蒙接過，這位叫外送的是常客，筆跡他早就看熟了，他看得連連點頭，臉上笑呵呵的，「沒錯沒錯，那以後外送都麻煩你了，這下我真的輕鬆多了。」

＊　＊　＊

黃昏店員們準備離開時，店長忽然說了一句：「你這樣去城裡要多久？」

史恩沒有注意到是在問他，拉蒙看向老爸，發現他望著史恩，就幫說：「史恩，在問你。」

史恩一時沒反應過來，愣了會，想了一下剛才的問題，才回說：「哦，沒辦法完全用魔法去城裡，太遠了。」

「沒事了。」店長說完又回廚房去了。

史恩也沒有追問，收拾完就回宿舍了。

＊　＊　＊

再隔天史恩一到店裡，拉蒙就問他，「你昨天用的魔法是什麼類型的，主要是做什麼用的？」

史恩也不管為什麼昨天沒問，今天才問，他只希望拉蒙是想到有什麼可能需要的才問他。

「是時間魔法，送餐的時候其實餐點還是飄過去的，但是我另外讓時間加速，快到一般人看不到過程，外送的時候也是時間加速，不過沒那麼快。」

「你說去城裡太遠不能完全用魔法，那用你的最大能力最快多久可以到？」

「我沒有試過，其實這個不是能力不夠用，是因為會有後遺症，這種魔法經常對生物用，會加速變老，所以老師要我們除非很必要，否則超過一小時的路程盡量不要用。」

「咦！」拉蒙大驚，「那你一天外送下來累積超過一小時沒有問題嗎？」

「分次的還好，而且也沒有很多次所以沒關係，身體會慢慢恢復的。」

拉蒙拍拍胸口鬆了口氣，他不敢想這小孩會不會時間加速到年紀比他大。

史恩試探著問：「請問您是想趕時間去城裡嗎？如果有必要的話，我偶爾用沒關係。」

拉蒙眼珠子飄向廚房的方向，「我沒有，不過我猜我老爸可能想去什麼地方，應該不是城裡，要去城裡平常挪幾天時間就可以去了。呃，先說好，是我猜的，他不承認，你不要太期待。」

「如果要去很遠的地方的話，用飛行魔法會比較好，大概是一般馬車的一半時間。」不過他不會，

「還是有要趕什麼期限？」

「嗯，這個也有可能，我再幫你試試看能不能問出來，希望我沒猜錯。」

當天中午休息的時候，史恩聽到裡間有一些吵鬧聲。

「說了沒有就是沒有！他自己都說沒辦法了，問什麼問！」

「老爸你這樣講聽起來就是有嘛。」

「有都你自己在想的啦！」

黃昏客人都走了以後，拉蒙又進了廚房，不久之後又是吵鬧聲起。史恩都開始想要拉蒙別再說了，可是不說他不就得棄籤，所已他只好裝做沒聽到。

吵架內容有些聽不清楚，反正大同小異史恩也沒仔細聽，但耳裡忽然傳來讓他注意的字詞：「……現在只剩下一個月多幾天……那我要他去幹嘛！」

這是在說什麼？史恩努力回想，但他畢竟沒注意聽。

拉蒙一出來，史恩立刻迎上去，拉蒙朝他聳了肩，表示又失敗了，便往櫃台走，史恩跟過去，問：「你們剛才是不是有說到一個月多幾天，是在說我的畢業考嗎？」

「是啊，我敢肯定老爸真的有事，可是又一直在那想很難很難就不想講，拖拖拉拉的，我看就算本來可以做到的，都被他自己拖到不行了。」

「請問那是在說什麼？」

「哦，我聽起來是老爸想去的地方搭馬車去來回至少要兩個月，因爲你說用飛行魔法時間可以減少一半，他就說只剩下一個月多幾天，就算拼命趕到，又不是去就馬上回來，也不知道他想幹嘛，反正就是時間不夠。」

「來得及！」要縮短時間有很多方法，史恩才這麼想，就發覺自己太衝動了，趕路時間可以縮短，不過到了目的地又是要做什麼？

拉蒙立刻跑回廚房，「老爸，他說時間可以再縮短，到底什麼事，你快點說啊。」

店長被這突然的話嚇得一愣，反應過來才說：「縮短是多短？一天？不是一天就不可能。」

時間魔法的高階『瞬間移動』一小時都不是問題，史恩還不會，但負責到處採購教材的凱莉老師會。他也走進廚房，「不管多遠，一天都可以。」反正考試主旨是幫助人，就算不是自己出魔法，也是有幫忙，再拜託老師給個同情分吧。

店長表情有點柔和了，「一天可以，那不斷來回也行嗎？」

「呃，請問是要做什麼？」凱莉老師一定說不行。

「就是……老爸，拜託你直接說清楚你到底想幹嘛，人家說不定有更好的方法。」

店長看看自己的兒子，再看看史恩，終於要兩人各自拿張椅子坐下開始說明。

「我不是說過有吃過一種加了叫做火羽花的蛋糕嗎？」

「我記得，老爸你說過好幾次，你還想挖幾棵拿回來種，但是半路上就全死了。」拉蒙回覆。

「對，我一直也想自己做那種蛋糕，但是太遠了，整棵拿回來都不行，更何況是花朵。」

「那個，我可以暫停植物的生長時間。」史恩插入發言。

「什麼！幾天？」店長激動地大叫。

「第一次用七天，可以重覆施展，不過時間會愈來愈短。」

「所以就不用一直重覆往返了嗎？」店長問歸問，其實肯定了。

「所以說老爸，你一開始就該說清楚！」拉蒙嘆息。

店長不滿，「我是知道有種魔法可以馬上移動到很遠的地方，但是聽說那很高階，我以爲中等部的學生做不到。」

「老爸你根本就都不知道人家的魔法到底能幹嘛，就自己在那邊覺得不行。」

「請問，那是要拿整棵花回來，還是摘花就好？」

店長很矛盾，「我是很想可以整棵拿回來，不過也種不活，算了，花就好。不過這個我要說清楚……」店長起身去拿了個竹籃子遞給史恩，「我是希望能把這個籃子裝滿，不過火羽花每天只有中午過後開一小時，所以能採的時間就……」

「不是，老爸，只要把開花的時間都暫停不就好了嗎？」

史恩點頭說對。

「不要插嘴！」店長沒有因爲這句話而高興，「火羽花現在正好是花季，但是它產量很少，你要在森林裡到處找，我以前去，每次找到頂多就四五棵在一起而已，所以你沒找到的應該沒辦法先暫停吧？」

史恩搖頭，「沒辦法。」

「而且花季會有很多人去採，所以很可能一整天一朵也沒摘到……加上現在那邊剛好也是雨季，很多花會被打掉不能用。」

「其實我也會控制天氣。」史恩的主修和副修，平常使用的限制比其他魔法多很多，難得能遇到這樣兩種可以一起派上用場的時候，「所以我會努力的，明天就出發，請你再跟我詳細說明地方和花！」

店長先是眼睛大亮，繼而樂呵呵地笑了，拉蒙則是撫著額頭，無言。

＊　＊　＊

史恩全速衝回學校，攔截已經在下班路上的凱莉老師。

「我這幾天要去採購材料，是可以先送你過去再走，可是你一個學生，我不能把你一個人放在那麼遠的地方，我建議你找人同行。」

前面史恩想過有這個可能，後面，對哦！他忽略了那是遠方。

「你去借可以高速移動的幻獸，我建議雷鳥，一趟應該三天就夠，來回六天，雷鳥的主人也和你一起去，你們互相照應，你也不用擔心照顧幻獸的問題。這樣時間來得及吧？」

史恩點頭，「很充足。」

可是這一屆的同學，沒有人養雷鳥，一、二、三年級三個幻獸老師也都沒有，史恩忽然很疑惑，雷鳥是所有可騎乘的幻獸裡最高速的，外觀也很討喜，怎麼連老師都不養。

他能想到的只有高等部三年級有個學長有，「可是老師，高三有養雷鳥的學長現在在實習，妳還知道其他人嗎？」

「我幫你聯絡看看，明天早上給你回覆。」

＊　＊　＊

隔天早晨，早到校的學生停下腳步仰望著學校的上空，藍紫色的巨鳥飛往宿舍的方向。

史恩瞠目結舌，他從來沒有覺得凱莉老師的效率有這麼快。

「哪位是史恩學弟？」從巨鳥上下來的人邊脫厚毛皮外套邊問。

史恩趕緊上前伸出手，「我是，請問學長是？」從外表年齡判斷，好像就是高三的啊。

對方也伸出手和他回握，「我叫修，高等部三年級，早上剛從城裡回來。」

「學長你不是還在實習嗎？」

「你們導師幫我請假了，先不管這些，你準備得怎麼樣了？」

爲什麼是我們導師？史恩覺得奇怪，但人家都問正事了，「該帶的都準備好了，學長看什麼時候可以出發都行。」

修上下打量他，後退幾步，張開雙手展現自己，「你要穿像我這樣。」

史恩剛才就覺得，現在是夏天，他居然穿厚毛衣，實在很詭異。

「你要穿到像冬天一樣厚，我們要在高空高速飛行，非常冷的。」

史恩恍然大悟，就像爬山一樣，「不好意思，學長，請你到交誼廳等我，我馬上準備！」史恩說著就要跑回宿舍。

「先等等，我先問一下，據我的經驗，第一次搭雷鳥的人，大都受不了高速飛行，所以我要做一些安全措施，韋凡老師說你學控制天氣，請問你可以在我們飛行的時候，讓我們的周圍維持溫暖的天氣嗎？非常高速。」最後四個字是在強調，溫暖的天氣要能隨時保持同步高速移動。

「抱歉，我沒有辦法。」

昨天韋凡老師叫他自己問，他就覺得一定是這樣了，「那有其他通過考試的同學可以嗎？」

「這一屆只有我學控制天氣而已。」而且是副修。

果然是冷門科目，意料之中，「好，那……」修走到雷鳥身邊，高舉起手，「有同學可以做出包覆我們全體的光球嗎？要溫暖、高速。」

「有，學光的有兩個成績好的通過考試了。」

「好，找其中一個同行，他們住宿嗎？」

「都沒有。」史恩有點緊張，突然就要找其他同學現在立刻一起出遠門，已經有困難了，何況兩個都不住宿，要經過他們家人的同意更難，「學長，其實我們兩個去就……」

修拿出一包藥給他，「暈車藥，先吃。你快去準備，等一下到校門口等我。」然後他轉對其他出來看熱鬧的住宿生問，「有誰知道他們住哪裡，我要立刻過去。」

這個學長也太積極了吧，史恩看著手裡的藥，想，算了，學長一定是很有經驗才會這樣要求。

＊　＊　＊

史恩很快就知道雷鳥爲什麼很少人養了，他在校門口等到學長和阿爾，九點多出發，現在才剛中午，他就已經頭暈了，即使有溫暖的光球，還是抵不過疾速帶來的猛烈狂風。

「我不吃午餐了，你們……」

「不行，不吃後面會暈得更嚴重，你真是欠鍛鍊，才兩個多小時就暈，看這位學弟健康多了。」

被說到的阿爾沒有說話，史恩才不相信無時無刻都拿著書看的阿爾身體會多強壯。

晚上投宿時，史恩已經沒力氣了，修強逼他了喝了點熱湯才去睡，然後回頭對阿爾說：「學弟，你應該知道，如果你也暈了就沒有人維持光球，後面會更慘。」

「我知道，學長……」其實阿爾已經覺得不舒服了，所以他不想講話。

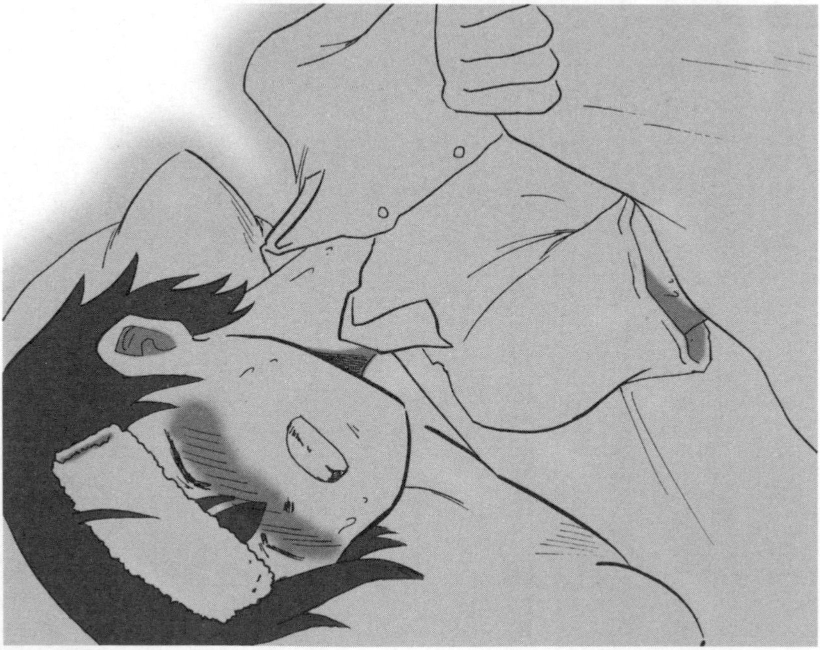

第二天早上史恩好了不少，但是這天七點多就出發。中午時，他嘔吐不止，下午多休息了一段時間才出發，晚上也提前投宿。

本來以爲三天就可以到的，但是實際到的時候是第四天下午，接著史恩直接在旅館睡到第五天早上，醒來的時候……只是醒來而已，他朦朧著雙眼看學長在他額頭上換冷毛巾。

「你昨晚發高燒，現在勉強有比較好了。」修說。

史恩看向隔壁床的阿爾也還躺著，但窗外已經很亮了，問：「現在幾點？」

「八點多，他爲了清醒維持光球一直在硬撐，所以一到就放鬆睡死了，他沒你這麼嚴重，放心吧。」

＊　＊　＊

史恩昏昏沉沉地再度醒來時，隔壁床沒有人了，他想爬起來梳洗，卻發現連這樣都沒有力氣，只好躺在床上，看著天色慢慢變暗。

晚上學長和和阿爾回來說已經幫他去森林裡找過火羽花生長的地點，等他好了，就可以帶他去採。

史恩感謝他們，想著等好了一定要請他們吃飯。

＊　＊　＊

兩天後，史恩已經可以下床活動，但是依然沒什麼力氣，就算勉強去採花，也使不出魔法來暫停花的時間。

「你不要急，反正在下雨，花都被打掉了。」阿爾在旁勸慰。

史恩只嗯了一聲，店長把採到花說得很難，雖然現在還有十幾天，但想到那句可能一整天都採不到，他很難不急。

又兩天，史恩試著施展魔法，威力還沒完全恢復，暫停不了七天，不過也有三、四天，反正先施第一次，之後魔法快消失再繼續施就行了，他想立刻出發了。

「可是在下雨了。」阿爾看著窗外。

「下雨才好，別人不會去採，我去找看看說不定有花沒被打掉。」

「那你回來病會更重。」修也加入勸說，「到時候說不定先採的花時間快過了，你卻還沒恢復體力繼續施魔法。」

「我可以讓我周圍的天氣變成晴天。」史恩仍然要去。

「你這樣一路耗魔力，到森林裡採到花，還有力氣施展暫停時間嗎？」

呃，史恩回不出肯定的答案。

「太急辦不好事的。」修繼續勸說，「以你現在的身體，明天應該就恢復得差不多了，我們早上就去，先找到快開花的，你施魔法不要讓雨淋到那些花，這樣是不是好多了？」

還有更好的，史恩很想出發前讓這個鎮下雨，那些居民就會以爲森林也下雨，不會去和他搶，可惜這種圖利自己的行爲是禁止的，所以天氣魔法的使用機會才很少，才會成爲冷門科目。

隔天依照修的說法做，事情進行得算順利，雖然史恩的身體因爲勞累又稍差了點，但只要休息一晚還可以維持現狀拖下去。

史恩略略計算了一下，今天下雨人少很多，用今天的量一半來算，不用十天就可以採滿籃子了，還多好幾天可以候補，他稍微放了心。但是事情永遠不會和計算的一樣好，前兩、三天的確是下雨人少，沒差很多，但接著這天，採到一半才下雨，不少人收拾準備回家。

但有人發現了，有花的地方沒有雨，於是開心地吆喝同伴回來繼續採。漸漸地愈來愈多人發現，每天都會這樣，結果除非一整天都下大雨出不了門，否則每天都跟晴天一樣，很多人。

「我們再往裡面走找人少的地方。」五天過去，籃子裡的花不到一半，修這麼提議，「史恩你先回去休息，阿爾和我分頭往森林裡走。」

「那太危險了，而且要去的話，我也一起。」史恩其實很想贊成。

修食指往上空指：「雷會隨時巡邏保護我，阿爾也有光球可以趕野獸怪物，你回去休息，記住，你的身體還沒完全好，逞強可能會更糟。」

阿爾在旁靜靜地做起光球，交給史恩，「也給你一個。」

史恩看著交到自己手上的球，對兩人點點頭，「我回去一定好好休養！」然後就快步離開。

修則分配好方向，和阿爾分頭走。

＊　＊　＊

採到第十天，期限也剩下十天多，扣掉回程四天，史恩愈來愈緊張了，尤其學長還說：「回程最好保留五天，因爲不知道你會不舒服到什麼情況。」

阿爾也說，「我認爲要再早一些回去，因爲你的考試目標是要店長滿意，我覺得有可能只給花還不夠，因爲店長真正想要的應該是做出蛋糕。」

史恩錯愕，修插嘴，「等一下，我不知道你們的考試到底實際情況是怎樣，可是做蛋糕是店長自己的事，史恩也沒辦法繼續幫忙啊？」

「因爲我上次用光球把樹引往外的時候，已經長出去確定沒問題還不夠，還是等它真的在外面長到好，那家人安心了才亮燈。不過這是我猜測，每個狀況不一樣。」

「我覺得就是你說的那樣……」史恩根據從許多同學那裡聽來的各種狀況判斷，他的目標離他愈來愈遠了。

「那如果他做失敗還要重摘？」修感到很不妙。

「不，我想這些量已經有考慮到失敗可能了，再重來花季也過了。」阿爾看著花籃這麼猜測。

修鬆了口氣，「那好吧，明天繼續擴大範圍！兩天完成剩下的！」

意思是再兩天都要跟第一天一樣的量才行。

隔天下大雨，三個人待在房間裡。

修雙手支著下巴，「可惜如果能在房間裡模擬出生長環境就好了。」

史恩不說話，那種還要考慮土壤、濕度、日照的事，超出他學的天氣控制了。

不過看得出阿爾很有興趣，他在筆記上寫著火羽花周圍的環境。

兩天後，阿爾對急躁不安的史恩說：「對不起，我之前說的你就忘了吧，應該只要拿到花就好了。」

修看著已經快接近滿的花籃，「只差一點而已，暑假時還可以補考，沒問題的！」

補考會扣分，史恩一點也不想，他沉默不語，努力想找出其他可能。

＊　＊　＊

雖然只差一點，但是雨繼續下著，花季也逐漸步向結束，花籃滿的時候，考試期限只剩下兩天，但這時史恩看起來已經沒有先前那麼焦躁了。

「學長！」史恩對修一鞠躬，「請你同意讓我對你的雷鳥使用時間加速！」

就算不是主修時間魔法，共同科的理論課程還是有教各種魔法後遺症，修知道同意就表示他的雷鳥會加速變老，他不太想同意，但是幫人就該幫到底，「我先和雷商量。」

修走出房間，史恩向阿爾說：「放心好了！我一定不會讓你們不能參加畢業典禮的！」

「其實我還好……」

「不行！怎麼可以因爲我害你們不能參加畢業典禮！」

阿爾想，同樣的理由，學長的雷鳥應該不會希望自己的主人參加不了畢業典禮。

所以雷同意了，他們在期限最後一天趕回去，但是花是修送去點心店的，史恩早上最後一次用了加速魔法就昏迷了，阿爾昏昏欲墜也還沒吃午餐，修把他送回阿姨家。

事情辦妥後，修趕到公佈欄一下子就從一片亮燈中，看出兩個特別明顯的空格，一個沒有名字，一個無比黯淡的就是史恩，他又趕去點心店要求店長休店，即刻開始製作蛋糕。

「為什麼我還要趕時間做出來才行，怎麼好像變成我在考試？」店長不能理解。

「因為老爸，都是你拖拖拉拉害的，幫人家趕一下是應該的，快點，你不要以為可以保鮮就可以隨便拖時間！」拉蒙也幫著催促。

「不然，請您現在就覺得滿意吧，花有拿到就行了。」修補充一句。

「這怎麼可能，我的目標是要做出火羽花香蛋糕！」

「所以老爸，你快點開始，不要說了！」

修盯著人家做到深夜，心裡再三感謝還好他很早出生，很早進魔法學校。點心店遇上各種活動節慶時，訂單都會特別多，現在只要趕製一個蛋糕，對店長來說根本不算什麼事，但是那個學生竟然在擔心他會做失敗，真是令人不爽。

當蛋糕送到修面前時，「小子你吃吃看，我才不會失敗的！」

修沒有嚐嚐看，不過看店長的表情就知道他有多得意，「麻煩畢業典禮那天，我們的學校中等部要辦同學會送幾個蛋糕過來，謝謝！」他邊說邊往外走，一出店門，就召來在附近等候的雷，立刻衝回學校看公佈欄。

然後放心地躍到雷背上，飛翔遠去。

# Chapter 08

## 魔法娃娃

做出和真人一樣會行動會思考的生物，是不少大魔導師畢生追求的最高志願。有個和真人一樣會行動會思考的玩具娃娃則是不少普通孩子的渴望。

所以最初報名的時候，做魔法人偶的籤相當多，和魔法工具不相上下，校長說這一屆只有一個學生會做，所以只保留一張籤，其他都過濾掉了。

藍在第一個月裡就依照自訂的目標完成了一個人偶，這個家有七個孩子，他們每個人各說一個想要的人偶，再猜拳決定誰的要先做。

大魔法師追求的真人，是連外表看起來都像真人，所以學校只教製作真人模型，材料也都是模擬人體材質的，可是這些畫，洋娃娃是最像的，木偶、機器人外表勉強算像，材料可以問學魔法工具的同學，但是狼人和美人魚，就……要再研究。

所以很幸運地第一個先做洋娃娃的藍，接下來是因為研究材料，才會過了三個月只做出兩個嗎？

藍兩次做完人偶，高等部的學姊每天都會做吃的送來給他，幫忙收下的室友把東西放到桌上時，有的會分成兩等份，左右各一，有的放右邊，有的放左邊，還有一些收到櫃子裡去。

藍回來的時候……

「左邊是你的。」室友岡勒坐在桌前看書，也沒轉頭去看他。

藍一愣，往桌上望去，「咦！」快速移動到桌前，左邊桌上有小碗燉魚湯、小碗肉湯，幾碟蔬菜，麵包和右邊的比，看得出來是容易入口，好消化的。「不要這樣啦，你再分多一點，我吃不完。」

「我已經幫你吃好幾天了，從今天開始，分給你的一定要自己吃完！櫃子裡還有點心，隨便你要拿去分給誰。」

「……」藍往櫃子開起來隨便一望就關起來。

「真是太奇怪了，明明很多書都寫說，魔法師耗費大量魔力之後，都要大吃大喝補充體力，結果你卻都不想吃，整天跑去外面睡覺！」

因爲外面比較涼，「也有書寫說是耗完魔力以後會長眠。」藍小聲辯解。

「那根本不是人類，一直睡覺不吃東西會死掉的！」

「吃太多也會撐死……」

「大家都很擔心你，你要多吃點快點恢復魔力，尤其魔法湯藥，藥材都很貴，不要辜負別人的好意！」

「吃過頭可能會有反效果……」

「就算有反效果，拼過這一個月就行了，你做人偶時還不都在熬夜。」

藍一個月就做成了一個人偶，大魔法師卻一年做不出七個來，因爲賦予生命會耗掉魔法師幾乎全部的魔力，每做完一個就要休息很長的時間來恢復魔力。

雖然大魔法師做的是真人等身大小，藍做的只是玩具小人，大魔法師做的思考行爲不說沒人知道是假的，藍做的思考模式很單純，多聊幾句就聽得出來，但他畢竟只是個十歲的孩子，就算被稱爲天才，其實也只是生在魔法師家族比別人早學罷了，做到這種程度就會耗掉他幾乎全身魔力，休息上至少半個月。

但如室友所說，他的熬夜情況愈來愈嚴重，所以三個月過去了他還沒能開始做第三個，還繼續過著每天被當豬餵的生活。

幸好魔法人偶最重要的魔法是最後一步的賦予生命，所以就算有的魔法材料中途就要施魔法，不是藍自己來也沒關係，所以蓮娜找人幫忙的時候，他馬上就笑著說謝謝接受了。應付那些孩子做出滿意造型的事，也交給其他同學協調。

＊　＊　＊

扣扣，響起了敲門聲，岡勒起身去敲門，是住同層的其他同學。

「蓮娜剛才來說，又少一個了，老二也不要了。」那位同學說。

「謝謝，要不要一起吃點心？」

「不用了，叫藍自己全部吃完。」同學說完就走了。

岡勒關了門，立刻回頭問藍：「老二是什麼？」

「……機器人。」

「呃啊！」岡勒哀嚎，其實他在看的書是要幫藍做的機器人結構，這下是做白工了。

藍一開始就告知他抽到籤的家庭，蘇瓦家，他沒有能力在畢業前做出七個，所以他們猜拳決定誰的要在畢業期限內做，其他的等畢業後，他們出錢請藍繼續做，但是……校長說考試的目標是幫人，不准收錢，不然大家都拖到畢業後由對方出錢，那怎麼得了。

所以蘇瓦家的長女在做第二個期間，確認藍再怎麼拼命也來不及時，就說她不要了。但她一開始就沒加入猜拳，也沒說過自己要什麼。

那時候藍很感動，所以後來去幫忙的同學，有人會在聊天時隨時注意內容，只要可以扯上放棄不做，就一定要把話題轉過去。

現在已經做好的是公主造型的洋娃娃和有蝴蝶翅膀的人形小妖精，剩下的，岡勒覺得木偶最簡單，再來是機器人，比起狼人、美人魚那種真實生命體，只要零件組合對就可以完成。

同學幫忙的木偶設計圖好不容易通過，現在正在準備材料，機器人還在畫設計圖，材料則算大致準備好了。

他們原本的設想是，等藍這次魔力恢復後先給木偶生命，接著希望休息到月底，來得及再給機器人生命，剩下的狼人、美人魚，他們努力勸說孩子們放棄。

結果現在不做的是機器人，岡勒覺得負責挑動放棄的同學，說服方向一定有錯！

「你一開始就不應該讓他們猜拳，直接從最簡單的開始，說不定現在已經做好三個了，像妖精最難，竟然先做花了那麼久時間，要是留到後面，說不定人家就說不要了。」

「那時候沒有想到會有人放棄。」而且藍沒有解釋，狼人更難。

「也是啦，反正已經做了也沒辦法。」岡勒闔起桌上的書，「我再去圖書館，你快點吃！」

「呃……」

＊　＊　＊

「我們是好朋友對吧！好朋友有疑惑，妳一定會幫忙解決疑惑對吧？」

「我幫妳解決很多學生問題了。」凱莉老師難得見到溫蒂老師，卻是這種古怪的語氣。

「所以妳當然一定會繼續幫我解決的吧？」

「呃……什麼事啊？」看溫蒂一臉不善，絕對不是好事。

「我剛才在街上聽到有人抱怨，說他報名第一天早上就說要魔法人偶了，結果被說滿了。」

「魔法人偶只過一張籤，妳也知道的。」凱莉老師大概知道問題了。

「那個人本來認了，但是他最近才知道蘇瓦家是下午才報名的，我也是聽他說才知道。爲什麼是因爲那家要七個，故意的嗎？」溫蒂老師的臉逼近凱莉老師。

凱莉老師左顧右盼，溫蒂老師的臉則隨著她轉。

「好吧。」凱莉老師嘆了氣，「是故意的沒錯，但妳現在知道也沒什麼用……」

「那張籤爲什麼會被藍抽到？」

凱莉老師上一句話還沒說完就被插問，一愣，「妳這樣問，就是猜到了，校長施了魔法，就算那天藍沒排隊，其他同學也摸不到那張籤。」

「這樣故意針對藍到底有什麼意義，真的要犯罪，不是資優生不用魔法都可以！」

「但是資優生做了更可怕。」

「我們藍不會犯罪！就算長大也不會，妳看他的哥哥姊姊就知道了！」

「校長不接受妳的說詞，妳就算了吧。」

「還有什麼祕密，全說出來！」溫蒂老師打算知道得愈多，愈有理由找校長抗議。

「呃……」凱莉老師嘆了氣，「請我吃飯。」

「哪有這種事，是妳瞞我事情！」

「我也是照校長吩咐做事，要我說就請我吃飯。」

溫蒂老師不情願，「好吧，妳說，中午請妳吃飯。」

然後，凱莉老師離遠了點，免得被怒氣波及，「其實蘇瓦家報名時也只要一個而已，校長要他們改七個，因爲他家有七個孩子。」

「校長爲什麼知道他會來報名，預先把其他人過濾掉？」溫蒂覺得蘇瓦家長八成是共謀。

「沒有預先知道，是孩子不到五個就推掉，蘇瓦先生其實來找過校長幾次，說不想爲難藍，但是妳知道，校長堅持。」

「所以既然他只要一個，那藍早就完成了，我一定要去抗議！」

「也不算有完成啊，第一個洋娃娃不是說還要做幾套衣服，藍往後推了？」

「衣服用不到魔法，而且衣服看是要自己買還是請裁縫都行！」

「大魔法師的人偶全身配件都是自己來的。」凱莉老師無奈。

「不管了，第一個不算，那第二個也做完了，我沒有聽說第二個也要好幾套衣服。我先走了，中午到校門口等我。」

凱莉老師很高興麻煩人物終於走了，但才一轉身，溫蒂老師又回來了，「他們原本只要一個，是什麼？」

「這我不清楚，詳細內容都是學生自己過去問的。」

「那應該是打算讓七個孩子都可以玩的，不要有明顯的男女生差別。」溫蒂老師猜測著。

「不是，原本只打算給大女兒的。」

溫蒂老師一呆，大女兒是最先主動放棄的。

「那個蘇瓦家以前很窮，大女兒小時候什麼玩具都沒有，所以她爸爸現在想要補償她，我聽說那個孩子很懂事。」

溫蒂老師震驚，「那，藍根本沒有做到這次報名真正要的東西，考試完全沒有過的可能！」

「也不是，那些孩子都是真的想要……呃，喂！」

溫蒂老師已經氣呼呼地跑遠了。

＊　＊　＊

滿月魔法學園有一座高塔，校長室就在這座高塔裡，剛才塔裡傳出很大的一聲「碰！」，但是聽到的人只是震了一下，就各做各的事，好像什麼都沒發生。

「溫蒂老師，年輕人要沉住氣，關門請小聲點。」校長鎮靜地看著一進來就大聲甩門的溫蒂老師走近，然後看著她雙手壓到自己辦公桌上。

「如果又是藍的事……」

「這次不一樣！」溫蒂老師死盯著校長，「蘇瓦家其實只要一個人偶，所以藍已經通過考試了，請你讓燈亮！」

「咳，妳不覺得現在他們這樣一起合作非常好嗎？以前我們的學生只有學同科的才會互相幫忙。」

校長眼神飄移。

「如果你想要他們集體合作，一開始就出一個需要所有人共同完成的題目就好，現在還有快一半的同學還在做自己的題目，沒辦法一起加入！」

「這是意料之外的發展，溫蒂老師妳不覺得偶爾看看學生採取我們意料之外的行動很有趣嗎？我們就靜看後面的發展。」

「有趣也不能犧牲學生！」

「現在讓他通過，就沒辦法看到最後的發展了啊，年輕人，沉住氣。」

校長揮揮手，溫蒂老師忽然被一股強勁的力道推出門外，門碰的一聲關上，溫蒂老師知道進不去了，猛力一敲發洩。

走出高塔，溫蒂老師看到韋凡老師。

「什麼事？」溫蒂老師緊張，怕又是壞事。

「那個木偶暫時不做了。」

「爲什麼！」溫蒂老師猛地雙眼大睜。

「那家人對木材很挑剔，說要用國外進口的木材，他們要自己準備，所以只能等了。」韋凡老師聳肩，「有錢人嘛。」

「那個家長不是很好講話嗎？他不是還勸孩子不要太爲難藍？」

「自己的孩子想要還是比較重要。已經用傳音石和國外談好了，等對方準備好，凱莉會過去取貨。」韋凡老師迅速說明完。

溫蒂老師皺眉，「那剩下的是美人魚和狼人，美人魚住的地方還沒準備好，他們一定會先做狼人，啊啊，這個藍做不出來啊！」

＊　＊　＊

在學校養幻獸的園區一角，大家都以爲經常窩在這裡睡覺的藍正在捏黏土，這是用來做生物身體的魔法黏土，現在勉勉強強看起來，上半部好像是人形的樣子，下半部還沒有形狀，高度大約有一百公分，不知道是狼人或美人魚。

開始的時候，蘇瓦家其實說要做真人大小的，他也很想，那是他以後的目標，但是現在能力不足，做到這個大小已經是他給自己的挑戰了。

＊　＊　＊

「啊！狼人要做兩個！」岡勒告訴藍木偶的事以後，藍告訴他狼人要做一個人形和一個狼人形。

「因為會變身，就要做兩個？」岡勒想不懂，「但是變身以後還是同一個啊，分成兩個就不是變身了，人家要狼人那個年紀和我們差不多，不能隨便亂騙。」

「不是啦，做好以後要用魔法合一，平常看到的人的樣子，滿月的時候才會變成狼人，變的樣子我們也要做。」

「不做就不會變身？」岡勒有點懂了。

「會不知道變成什麼樣，很容易錯亂，壞掉。」

「原來還有這樣的，你們還學這種。」岡勒手指抵著下巴思考。

「其實還沒學到。」

「啊！」岡勒忽地驚叫，但是眼前的小弟弟一點也沒有緊張的樣子，「那怎麼辦？」

「我四叔會來幫我合一，還有二哥也會來幫忙捏模型，所以你們可以不用……」

岡勒打斷他的話，「他們到底什麼時候才會來？你說你二哥會來已經說很久了，四叔……嗯？你好像有一個叔叔出使到鄰國，是哪一個？」

「就是四叔。」

岡勒覺得無望了，「出使不能隨便跑回來吧，還是私事。」

「我們家的人說會做的事，就算到最後一天也會拚命做到。」

岡勒不理他了，不是什麼事都拚命就能做到的，還是靠在身邊的同學比較實在。

＊　＊　＊

蘇瓦家，蓮娜環視在場所有同學，「雷莎還是不能來？」

「她的作品又被她媽媽做完了，我們還是放棄她吧。」雷莎的同班同學回。

「再這樣下去說不定她也不能畢業。」另一個同學這麼說，馬上遭來所有人不善的注目眼光，「呃，沒有，大家都會畢業，大家都沒問題的，哈哈。」

在場的同學有幾個在捏紙黏土，他們的美勞比較好，打算用紙黏土練習捏美人魚和狼人，學會以後再正式用魔法黏土捏……可是他們是前幾天機器人放棄以後才開始接觸紙粘土。

有幾個人，包括柯特在內，在畫美人魚的設計圖，狼人已經隨便通過，不管是早就畫好的狼人外型，還是新畫的人形都是只畫一張，對方就說好，沒意見。

有人在做小配件，還有幾個人在縫衣服，給狼人和洋娃娃穿的，蘇瓦家的小女兒想要洋娃娃有好幾件換穿的衣服，藍當時和她說好先做一件，其他的留後面再做，所以同學們就幫做了。

還有幾個一會做這，一會做那，有時會提出意見的是蘇瓦家的孩子。

再仔細看，有個只有二十幾公分高的小小女孩坐在洋娃娃服的旁邊，一會幫忙遞東西，一會露出笑容滿意地看著她未來的衣服，她就是被第一個賦予生命的洋娃娃。

有著蝴蝶翅膀的小妖精則坐在桌邊，晃著小腳，唱著輕柔的小曲，她只有大人的手掌大。

「藍的姊姊，請問妳的家人有說什麼時候會到了嗎？」蓮娜看著一個年齡明顯比大家都大的少女問。

她是藍的姊姊，專程趕來幫忙的，她用魔法指揮針線在做洋娃娃的衣服，但是尺寸一看就不對，她先前解釋過，因為沒做過那麼小件的，太難縫了，所以直接做大，他們家會另外有人來用魔法把衣服縮成洋娃娃尺寸，可是蓮娜到現在也沒看到那個人。

「哎呀，妳不要急，我們家的人散在各地，召集要比較久，可是就算最後一天才來，也沒問題！」

「對，爸爸不會讓弟弟不能畢業的。」旁邊也是藍的姊姊，和同學們差不多大，翻著一疊資料在參考畫衣服的設計圖。

蓮娜覺得這家人，太過從容了。

＊　＊　＊

時間剩下半個月，加入幫忙的同學人數雖然有增加，但是不會做的事情，臨時學也來不及，所以多半還是做些縫衣服的旁事。

紙黏土捏的美人魚、狼人造型都完成了，魔法黏土則還是藍自己捏，他照著紙黏土模樣做，第三天就把狼人的人型捏到快好了。有同學在一旁拿剩下的小塊邊學他做邊練習，這個黏土很軟，塑形要有技巧，先練起來，希望接下來能幫忙做。

中午，蘇瓦家替他們準備午餐，一些同學飯後會出去散步休息，安妮也出去走了一趟。

「學姊！」

後邊傳來學弟的聲音，安妮回頭看去，汀手上拿著一張紙向她揮手。

汀快步跑過來，邊拿手上的紙給安妮看，邊說：「我們班有同學發現一件事！」

安妮看遞到手上的紙，是畢業考的規則說明，她當然看過了。

汀指著其中一條，「學姊妳看，這邊寫說遇到有不會的魔法需求時，可以請老師、同學、學長姊或校外人士等教導，但是不能請他們直接施魔法代做，或一起施展。」

「是啊，那怎樣嗎？」

「我同學注意到的，沒有寫學弟妹！」

「所以？」安妮覺得汀可能在想異想天開的事。

「所以可以請學弟妹一起施魔法！」汀很興奮。

……安妮無語，「你們是在挑語病嗎？」

「可是學姊，真的沒有寫學弟妹不能，所以我們想好了，學姊你們只能幫忙做旁邊的，可是我們可以用魔法！」

「那是沒有用的，藍要負責的是最後給人偶生命思想的部分，這只能一個人做，兩個人以上人偶的思想會錯亂，而且你們也沒有人會這種魔法。」

「這個我們想好了！」汀笑得很得意，「我們已經去借好聚魔魔導器了，我們全班都會把魔法灌到魔導器裡，再給藍學長用！」

聚魔魔導器可以預先儲存魔力，需要時再一次放出，通常是用在要施展超過本身能力的魔法時，爲了避免學生濫用，借調規則很嚴謹。

「凱莉老師居然同意你們借？」

「沒有，今天凱莉老師不在，是別的老師借的。」汀覺得今天運氣意外的好。

安妮則是覺得這個代班的老師可能會有麻煩，「是哪個老師，認識嗎？」

「女的，有看過，不過我不認識。」汀回答，「別管那個啦，反正借到了就用。妳想，我們全班三十幾個人每個人出一點魔力，全部加起來也超過藍學長一個人的魔力吧，這樣他就不用一次耗掉全身魔力，很快就可以接著做下一個，不用擔心要再休息半個月的事了！」

要是這樣真的可以，大家不就都找學弟妹借魔力輕易完成超出自己能力的考試就好了，「還是先問老師……」安妮一點都不覺得這樣可行。

「不要啦，要是被老師發現，到時又修改規則就不好了，我們就直接做，等做好拿規則給老師看，老師就不能反駁了！」

「等做好老師說不行才更糟。」安妮覺得汀想得太天真。

「反正學姊妳先回去跟學長姊們說，我要趕午休時間先回去了，一定要說哦。」

＊　＊　＊

今天早上蘇瓦家的工作室氣氛很沉悶，連小妖精都靜靜看著藍捏土人，不唱歌了。

如果今天捏好的是美人魚，藍給她生命，接下來休息半個月，拼一下說不定還有機會再完成下一個，可是美人魚是住在海裡的，本來在蘇瓦家的院子裡挖一個大池裝飾成海邊不是難事，但是愈挖就愈想要做的更好。現在居然在做水下宮殿，同學們很無奈，就算做好了人又不能下去，爲什麼要他們等這個時間。

總之，因爲先做好也沒地方住，所以藍才先捏他最熟練的純人形。

現在，工作室裡歡聲雷動，「誰想到的，一定要請他吃飯！」

安妮轉述的做法，立刻獲得過半的壓倒性認同。

「同學，萬一到時候老師說不行，會害到藍的。」安妮還是很不安。

「那我們就集體抗議，規則上真的沒寫不可以！」有個同學說，其他贊成的同學紛紛響應。

「那就這樣決定了。」蓮娜看向藍，點點頭。

「好，謝謝學弟妹們。」藍笑著回應。

「耶！輕鬆了！」同學們歡呼，早上的沉悶氣氛一下子消失，小妖精也飛起來在眾人之間繞來繞去，重新唱起歌。

藍的兩個姊姊則對藍說：「等爸爸來了，我們跟他說，準備一些我們家自製的點心請那些學弟妹。」

＊　＊　＊

溫蒂老師本來以爲凱莉老師回來以後會找她算帳的，可是什麼事情都沒有發生。

「妳沒有發現什麼嗎？」她決定自己去說清楚。

「哦，一群笨蛋，到現在才發現。」

溫蒂老師不懂，這句話是在回自己嗎？

「本來就是故意沒有寫學弟妹的。」

溫蒂老師一臉驚愕。

「通常學弟妹的能力比學長姊弱，所以囉，找強的幫自己做當然不行，但是找弱的一起協力合作，雙方更能有所成長。」凱莉老師一臉狡猾的笑容。

「……可惡，中午我請妳吃飯！」

「不用了。」這種說法是絕對是別有目的。

可是她還是被強拉走了。

＊　＊　＊

國外進口的木頭送來時，學魔法工具的幾個同學個個眼睛發亮，他們都是第一次看到這麼好的木材，不過更重要的是……

「來得及嗎？」蓮娜有點憂心。

幾個人你看我，我看你，終於先開口的說：「我們輪流熬夜，可以嗎？」

大家又是你看我，我看你，一會後紛紛附和：「只能這樣了，拼了！」

但是熬夜只有第一天，第二天早上……

「老公公！」好不容易完成自己考試的雷莎衝到奧頓家，「你們可以慢幾天出發嗎？幫我做木偶！」

「哦，好啊，我們還沒有那麼快出發。」

所以為了不讓老公公兩地跑，製作木偶的工作，集體轉移到奧頓家。

＊　＊　＊

同學們看到藍的二哥時，已經沒事做了。

「你怎麼不留一些給我捏？」

眾人無語，岡勒在想：所以我就說啊，靠身邊的人比較實在。

然後藍和他的兩個姊姊在整理衣服。

「你們怎麼好像……在打包？」

「要拿去別的地方。」藍的大姊姊邊回答，邊繼續整理。

「拿去哪，要幫忙嗎？」

「不用了，我們自己去就好了。」藍婉謝同學的好意。

「不好意思，那件衣服……」蘇瓦家的長女，十七歲的芬瑟難得來工作室，她指著他們在整理的其中一件衣服。

藍的大姊姊看向她指的方位，抽出那件衣服，在身前攤開，紅白相間的女魔法師袍，「這件，怎樣嗎？」

芬瑟一時呆滯，「好像有看過……」

「真的嗎？妳也有看過？這是我小時候一個巡迴劇團的演員穿的戲服，我照著做的。那時候很紅，很多娃娃都模仿她的造型，我也有一個，所以這個衣服應該是沒有差很多，妳覺得像嗎？」

芬瑟點點頭，「很像，那個少女魔法師那時候很紅，戲裡面演她會變身成很多不同外型應付不同情況。」

「對呀。」藍的大姊姊換抽出另幾件衣服，「妳看，我做了好幾件，都是她穿過的。」

芬瑟還是點點頭，「都很像，妳記性真好。」

「嘿嘿，那當然，這是勤背咒語訓練出來的！」

＊　＊　＊

「未免也太多了吧！」

學校的幻獸園，一個三十來歲的中年人對著眼前一排的泥人吹鬍子瞪眼睛。

「呃，我本來有照規劃的十個做……」藍小聲地解釋。

可是眼前有十六個土人。

「如果不是因爲只剩下三天，你絕對會做出更多來吧！」中年人瞪著藍的二哥。

二哥指向自己的妹妹，「那是因爲有人衣服愈做愈多，我是在配合她。」

被指的人正在幫土人穿衣服，裝做沒聽到。

「衣服叫他們自己換就好了！」

「不是，人家當年魔法少女變身的時候衣服都是直接變好，慢慢換就紅不起來了。」

「一次合這麼多，你就不怕花太多時間，來不及處理剩下的嗎！」

「剩下的狼人只要合兩個，」二哥頓了一下，「四叔要是能力不夠的話，不然我們按照原定計劃，挑十個最受歡迎的造型合就好，要是還不行，再減少也可以。」

「滾一邊去！」藍的四叔不想再看侄子笑咪咪的臉。

＊　＊　＊

藍的大姊姊專長是讀心術，她到蘇瓦家的時候，芬瑟已經說要放棄人偶，出於好奇，她偷偷讀心調查她想要的究竟是什麼。

小時候的芬瑟家境不好，離家最近的學校就是滿月魔法學園，卻不能去就讀，只能遠望和自己同齡的孩子練習魔法，暗自羨慕。

巡迴劇團的少女魔法師當年很受孩子歡迎，芬瑟也不例外，她只能挑免費機會看，已經很珍惜，在知道那個演員真的會魔法以後，更是瘋狂地著迷，也很要她的造型娃娃，可是那時候沒有閒錢買，爸爸應諾她以後有錢會給她買，可是等到有錢以後，巡迴劇團沒了，娃娃也沒在賣了，只能自己偶爾在紙上回想塗鴉。

身爲魔法師家族的成員，他們一向講究要做就要做到最好，既然知道這個才是報名最主要的目的，那就一定要辦到。

實際的造型和衣服是去找出當年劇團的人要資料的，不是真的記性好。

＊　＊　＊

沒有人在準備同學會，沒有心情準備。

聚魔魔導器裡現在不只有汀班上同學的魔力而已，其他班聽說這件事也一起幫忙給了魔力。

但這些魔力真的夠在一天之內活起木偶、美人魚和狼人嗎？

有人覺得這根本不用想，因爲木偶和美人魚是可以了，要合狼人的人卻還沒看到。

「不管怎樣，先把木偶和美人魚活起來啊，藍怎麼還沒來？」

「他一早就說要去找伍迪，不知道什麼事。」岡勒回答。
「不會還有什麼還沒做吧？」頓時有人緊張起來。
「有可能，那天衣服拿走就沒拿回來，他們到底去哪裡了？」
「反正最後一天了，沒希望了，看來真的只有他不能畢業……」現在說這種話，沒人會瞪了。
「其實史恩和阿爾也還沒回來。」另一個人無力地說。

＊　＊　＊

伍迪到幻獸園的時候，眼前閃過兩個少女人偶合而爲一的景象，接著施法的人就坐倒在地上揮揮手，「最後一個好了，換手。」
藍的姊姊跑過去給四叔擦汗。
「都說了可以不用全部合，真愛逞強。」藍的二哥在旁苦笑。
「今天結束以前絕對會恢復的！」因爲還有狼人要合。
另一個中年男人走到伍迪跟前，「我來說明一下，這個小女孩是個魔法師。」他是藍的爸爸，「她什麼魔法都會一點，所以我需要複製你的能力。」
「啊，要讓人偶會用魔法？」
「等結束以後再跟你解釋。」藍說。
伍迪知道時間緊急也就不多問，配合他施法。

一個小時複製完畢，伍迪終於有空去細看剛才瞥到在旁邊一會坐下，一會站起來走來走去，很是無聊的另一個……機器人。他在心裡想：「就是這樣才能當天才嗎？人家都說要放棄了，還是照樣偷偷做。」

「試試看能不能中午前弄好，我們帶他們一起去吃飯。」藍的爸爸拍拍藍的肩膀交代。

距離中午還有一個多小時，伍迪知道先前的洋娃娃和小妖精，藍都花了一整個下午的時間施法。他看到藍現在除了拿著聚魔魔導器以外，手上還裝了三個魔力增幅器，一個可以提升魔力三倍，兩個五個，三個七倍。

「本來要調更多回來的，可是來不及，只回來三個。」藍的哥哥看出他的疑惑，幫忙解釋。這種東西全校只有校長有，校長誰也不借，不過這個家聽來數量卻不算少。

＊　＊　＊

蓮娜中午吃過飯，就把手撐在工作桌上，很是無聊。其他人有的趴著午睡，有的拿了撲克牌來玩，有的玩著魔法遊戲。

「蓮娜，妳哥哥來找妳。」從外面回來的同學說。

蓮娜一愣，才忽然想起當初畫完童話，他們說期末會來幫她搬家，一定是因爲去學校找不到她，才會到這來。

「好熱鬧。」蓮娜的哥哥愛德一踏進工作室就環視全場，尋找蓮娜。

蓮娜快步上前，「對不起，我忘記了，我還有事，你們先看要去哪裡自己去逛，我晚上再回去。」

「我怎麼看不出來你們有事？」

蓮娜把他推出門，「煩死了，就是有事啦！」

「蓮娜？」後面傳來安妮的聲音，有點驚顫。

蓮娜回頭看她指向門口，順著看過去，是香緹站在門外，她也轉頭往後看，不過沒看到她覺得奇怪的東西。

「香緹姊，妳頭上那是什麼？」蓮娜指出讓眾人注目的生物。

「哦。」香緹抱下趴在自己頭上的長耳小生物，「這是我上次旅行遇到的，牠一直跟著我，我就帶回家養了，上次太緊急所以沒帶來。你們應該都看得出來這是什麼吧？」她指著小生物的額頭給大家看。紅色的寶石晶亮閃耀，大家立刻集中過去。

「是真的紅寶石獸耶，好可愛，可以抱嗎？」

「我也好想要一隻，幸福的象徵啊。」

安妮還呆在原地，爲什麼別人會有書上都畫不清的紅寶石獸自己跟來。

「啊！」忽然有個同學大叫，大家全轉過去注視他，「幸福的紅寶石出現在這裡，是不是說大家都會通過考試？」

「有可能！對，一定是這樣。」大部分人的心情一下子好轉了。

「今天還沒結束嘛，有希望有希望！」

「可是藍不在這裡啊，沒看到也算嗎？」還有小部分人不安心。

「等一下就會來了啦！呃，不然等一下大家一起去找嘛，到底去哪裡了。」

「我也覺得會哦，外面還有一隻大隻的，剛好同路一起來的，一定是爲了你們。」香緹幫忙安慰大家。

大家一聽外面還有，一群人就跑出去了。

安妮臉色黯淡，爲什麼別人不但有自己跟來的紅寶石獸，而且還兩隻！

可是很快就不少人回來了，「安妮，妳的熊回來了。」

「啊？」安妮沒有聽清楚。

「妳的熊回來了，牠說是來找妳，剛好同路的。」說這話的是個學幻獸的同學。

安妮衝出去了，古蘭貝爾熊一看到安妮，就用前腳撥自己的額頭，安妮立刻帶牠去洗掉黏膠。

＊ ＊ ＊

「結果不是紅寶石獸。」有同學有點失望。

「這是好事連雙！絕對是今天會一直有好事的意思！嗯……史恩我們就祈禱他會回來，藍就現在大家分頭去找！」

大家迅速地開始分配各自尋找區域。

愛德在旁邊嘀咕，「我們也可以現在自己去幫蓮娜搬家啊，這是最後一次看到她宿舍房間的機會。」

「不好意思，我還沒整理。」蓮娜在分配中抽空冷冷地回應哥哥一句。

「搬家？」蓮娜的室友珊珊感到奇怪。

「我要搬出宿舍……」蓮娜有點不好意思，一直沒有告訴她的室友，「因爲我爸爸總算說動族長，以後我上高等部，家族會出一半的學費，其他的就靠實習賺。」她說著瞥了一眼哥哥，還有很會凹錢的哥哥會不時提供她錢，就像上次那本畫冊，香緹本來沒打算收錢，但是哥哥照價全收，一塊不少，再把錢轉給她。

「我妹妹要學會更獨立，所以不住宿了。」愛德又補一句。

珊珊還沒從驚訝中反應過來，旁邊有同學立刻大喊：「第三件好事！看吧看吧，今天是我們大家的好運日！」

「哦！」大家齊聲歡呼，分配好的就先出門了。

＊　＊　＊

大家都擠在蘇瓦家的大門口，那裡正在上演魔法少女變身秀，大小姐芬瑟不時仰起頭，抑制不讓眼淚流下來。

「那些衣服不是我們之前做的嗎？」

「大都是藍的姊姊做的。」

「那個女生是人偶吧，她一直變身，到底有幾種？」
藍迅速地被包圍了。
「怎麼還有這隻？幹嘛不跟我們講？」
「難道你說在休息，都是偷偷去做這隻嗎？」
「幹嘛不讓我們幫忙！」
「有啊，衣服裝飾都是大家做的。」藍小聲地辯解，「因爲要有十種變身，怕大家嚇到，所以就沒有講。」
「好像不是只有十種。」有人在算變身的數目。
「不小心做太多了……」藍的聲音更小了。
「什麼呀，大家都快急死了，還不小心！」
「那邊還有一個機器人是什麼狀況？」
「那個不是啦。」藍想再說明解釋，有幾個人跑過去看了。
「這跟之前畫的設計圖不一樣。」
「機器人設計圖又沒完成。」
「我好像有看過？」
「各位同學。」藍的爸爸出聲，大家轉過去，雖然不認識，但是和藍在一起的幾個人，大概都是他的家人吧，所以他們齊聲說：「伯父好。」

「大家好，這是我們國家的戰鬥機器人，他的戰鬥能力沒有達到標準被報廢，我們想說每個孩子都有做，只有一個人沒有不好，所以我們就去要來，拿掉戰鬥功能，再用魔法縮小。」公平起見，和小妖精以外的一樣，差不多都是三十公分左右。

「請大家安心，剩下的藍四個小時可以完成一個。」

很多人放心了，可是，「不好意思，還有三個，這樣還要十二個小時，現在已經兩點了。」

剛放心的同學這才發現不對，又慌起來了。

「大家放心。」藍的爸爸指向魔法少女，「是從十二點多開始算的，拼一下有希望十二點之前結束。」

有希望的意思就是，有失敗率。

「沒、沒關係啦，我們有紅寶石獸祝福！」說這話的同學，口氣聽起來並沒有很樂觀。

＊　＊　＊

四點半，木偶活起，五點半，學校下課了，有些學弟妹跑過來看情況，發表意見……

「可是學長姐，你們不覺得怪怪的嗎？既然魔法少女才是最初報名要的，那照我之前聽說的感覺，好像這樣做完就會亮燈吧，可是我們剛才有去公佈欄都看沒亮才過來的。」

「我早就覺得奇怪了，服務生每天都會慢慢增亮，那藍應該也會每做一個就亮一點。」羅杰又發表他的服務生亮燈觀察。
「對，我的工具也是每做完一個就加亮。」雷莎附和。
「還有亮度是照能力決定的，我是覺得藍應該做一個就會全亮了，除非他的實力比我們知道的還高很多很多，到現在沒有拿出全力？」
「不可能，沒拿出全力，幹嘛還要休息半個月？」
「因爲他其實是去偷做那個魔法少女。」
「捏黏土又不用魔法，而且有說他哥捏的比較多。」
藍在休息室小睡，沒有辦法阻止這些人的錯誤猜測。
七點，狼人合好了，天晚了，有些同學吃過飯就回家了，有些同學決定先小睡。
九點，美人魚放進院子裡的小海灘活起來了，距離上一個四點半已經超過四小時。
蓮娜決定再去學校看一次燈，路上遇見急匆匆的溫蒂老師。
「妳怎麼這麼晚自己一個人回宿舍，應該找人陪妳。」
「我還沒有要回去，我是想去看燈。」
溫蒂老師嘆息，「我剛從那邊過來，沒亮，既然妳來了就和老師一起走。」說著就拉起蓮娜的手，不顧後面的人在問「要去哪裡?」

＊　＊　＊

蓮娜被眼前一群幻獸嚇到了，她第一次在學校外以外的地方看到這麼多幻獸。

「莫文，風鈴鼠借我！」

溫蒂老師一進門還沒看到人就大喊，這是莫文老師家。

莫文老師慢慢地走出來，「現在？要做什麼？啊，蓮娜也來了。」

「老師好。」蓮娜打招呼。

「借來就是了，快點！」

莫文老師往屋裡發出某種叫聲，等了一會有一隻小老鼠跑過來，跑到莫文老師手上。

溫蒂老師要上前接，莫文老師轉身避開，「我和妳去，都這麼晚了，要做什麼？」

＊　＊　＊

就算晚上學校沒有人在練習魔法，校園各處的魔法保護設施還是啓動的，莫文老師臨時才發現是要來學校，趕緊壓制遇到魔法就興奮過頭的風鈴鼠。

「妳應該早點說。」

「來不及，你不是說要他在學校克制，講一千次也不夠。」

不，那是因為白天學校人多，全校學生加老師加各種魔法設施，合計超過一千個數量，現在應該一百次就夠了。

三個人來到中等部公佈欄前，溫蒂老師指著一片亮燈裡的空白欄位，「讓老鼠來這裡，小心一點，不要破壞掉其他燈的魔法。」
這個難度太高了，莫文老師緊緊抓著風鈴鼠，開始一百次的勸說。
蓮娜看著一片亮燈裡另一個黯淡的名字，手指過去，「老師，那個……」
「沒關係，史恩已經回來了，韋凡老師在注意了，應該不會有問題，反正如果有問題，明天再找校長，畢竟他該做的都做了。」說著不滿地瞪著莫文老師，「就只有他全班都通過，最輕鬆了！」
莫文老師沒空理氣頭上的人，他的小老鼠已經慢慢在冷靜了。
當風鈴鼠碰到那個空白欄位時，蓮娜一下子驚了，險些軟倒，溫蒂老師忙扶住她。
「真的是這樣，可惡的校長！」
「這樣看來，你們班應該比我們班更早全部通過。」莫文老師這時才回應剛才的話。
藍的燈亮了，大亮。

＊　＊　＊

第二天，同學相遇第一件事就是問昨晚結果怎麼樣，今天已經沒必要去蘇瓦家了，大部分人又到了教室。
「狼人沒做，太晚了，都去睡了，今天才會弄。」蓮娜手撐著下巴，很是無聊。
同學們錯愕，但是錯愕的原因是他們來之前大都先去看了公佈欄，全亮，沒有空格了。
「校長把藍的燈封起來，其實就像大家想的，第一個洋娃娃做完的時候就亮燈了。」另一個昨晚也留到最後的同學接著解釋。

「什麼嘛，太過分了，幹嘛這樣！」

三個班鬧哄哄的聲音響到遠在公佈欄前的校長皺眉頭。

「真是沒耐心，我本來打算只要他們努力到最後，不管結果怎樣，今天都會來解開魔法。」

「藍才十歲！」剛到的溫蒂老師衝過來，「你怎麼可以讓十歲的孩子熬夜！」

「這是他自己要學會控制的，人要懂量力而爲，他這次應該可以充分體驗到過度使用魔法的後遺症，以後才不會濫用魔法。」

「那還不是被你逼的！氣死我了！」

＊　＊　＊

畢業典禮歡快地舉行，只有在校長上台致詞的時候，感受到下面來自師生們共同的敵視目光。

儘管他說了這樣的話，「成功幫助人的快樂感滿足感，希望各位同學能一直記住，以後不管你們想做什麼事，希望你們都能想起曾經是怎樣爲了通過考試而努力拼命。」不過，敵視目光還是一點都沒有減少。

校長在心裡哀嘆：這些人，不知道他們上高等部的通過權還是在我嗎？

—完—

培育文化

奇幻魔法 09

# 畢業魔法

作者　滾雪球
責任編輯　林明慧
美術編輯　蕭若辰
封面/插畫設計師　STARK

出版者　培育文化事業有限公司
信箱　yungjiuh@ms45.hinet.net
地址　新北市汐止區大同路3段194號9樓之1
電話　（02）8647-3663
傳真　（02）8674-3660
劃撥帳號　18669219
CVS代理　美璟文化有限公司
TEL／(02)27239968
FAX／(02)27239668

總經銷：永續圖書有限公司
永續圖書線上購物網
www.foreverbooks.com.tw

法律顧問　方圓法律事務所　涂成樞律師
出版日期　2014年5月

國家圖書館出版品預行編目資料

畢業魔法 / 滾雪球著. -- 初版. --
新北市 : 培育文化, 民103.05
面 ;　公分. -- (奇幻魔法 ; 9)
ISBN 978-986-5862-29-9(平裝)
859.6　　103005274

※為保障您的權益，每一項資料請務必確實填寫，謝謝！

| | | | |
|---|---|---|---|
| 姓名 | | 性別 | □男　□女 |
| 生日 | 年　月　日 | 年齡 | |
| 住宅地址 | 郵遞區號□□□ | | |
| 行動電話 | | E-mail | |

學歷

□國小　□國中　□高中、高職　□專科、大學以上　□其他______

職業

□學生　□軍　□公　□教　□工　□商　□金融業
□資訊業　□服務業　□傳播業　□出版業　□自由業　□其他______

謝謝您購買 **畢業魔法** 與我們一起分享讀完本書後的心得。務必留下您的基本資料及電子信箱，使用我們準備的免郵回函寄回，我們每月將抽出一百名回函讀者，寄出精美禮物以及享有生日當月購書優惠！想知道更多更即時的消息，歡迎加入"永續圖書粉絲團"

您也可以使用以下傳真電話或是掃描圖檔寄回本公司電子信箱，謝謝！

傳真電話：（02）8647-3660　電子信箱：yungjiuh@ms45.hinet.net

●請針對下列各項目為本書打分數，由高至低5～1分。

| | 5 4 3 2 1 | | 5 4 3 2 1 |
|---|---|---|---|
| 1. 內容題材 | □□□□□ | 2. 編排設計 | □□□□□ |
| 3. 封面設計 | □□□□□ | 4. 文字品質 | □□□□□ |
| 5. 圖片品質 | □□□□□ | 6. 裝訂印刷 | □□□□□ |

●您購買此書的地點及店名______

●您為何會購買本書？

□被文案吸引　□喜歡封面設計　□親友推薦　□喜歡作者
□網站介紹　□其他______

●您認為什麼因素會影響您購買書籍的慾望？

□價格，並且合理定價是______　□內容文字有足夠吸引力
□作者的知名度　□是否為暢銷書籍　□封面設計、插、漫畫

●請寫下您對編輯部的期望及建議：

| 廣　告　回　信 |
| --- |
| 基隆郵局登記證 |
| 基隆廣字第200132號 |


2 2 1 - 0 3

新北市汐止區大同路三段194號9樓之1

傳真電話：（02）8647-3660

E-mail：yungjiuh@ms45.hinet.net


# 培育

文化事業有限公司

讀者專用回函

## 畢業魔法

培 養 文 化 育 智 心 靈 的 好 選 擇